¡Apúntate!

Cuaderno de ejercicios

Mit Audios und Erklärfilmen

2A

In der **Cornelsen Lernen App** findest du passend zu deinem **Cuaderno de ejercicios:**

- alle Audios
- alle Erklärfilme
- die Lösungen der *Talleres*
- die Lösungen der *Autocontroles*

Cornelsen

¡Apúntate! 2A

Jetzt mit barrierefreiem Farbkonzept
Mehr Informationen auf *cornelsen.de/bf*

Lehrwerk für den Spanischunterricht
Cuaderno de ejercicios Nivel avanzado

Im Auftrag des Verlages erarbeitet von
Joachim Balser (Berlin), Heike Kolacki (Saarbrücken), Ulrike Lützen (Bremen)

und der Redaktion Spanisch
Dr. Martin Fischer, Ute Gebel (Projektkoordination), Projektleitung: Cara Gaffrey

Illustrationen: Marina Pérez Luque, Marc Rueda, Rafael Broseta, Laurent Lalo
Umschlagfoto: stock.adobe.com/Ai

Umschlaggestaltung und Layoutkonzept: Rosendahl Berlin – Agentur für Markendesign

Layout und technische Umsetzung: graphitecture book & edition

www.cornelsen.de

Druck: Athesiadruck GmbH, Bozen

1. Auflage, 1. Druck 2025
Cuaderno de ejercicios 2A
ISBN 978-3-06-123124-8

1. Auflage, 1. Druck 2025
Cuaderno de ejercicios 2A Lehrkräftefassung
ISBN 978-3-06-123133-0

PEFC-zertifiziert
Dieses Produkt stammt aus nachhaltig bewirtschafteten Wäldern und kontrollierten Quellen
PEFC/18-31-166
www.pefc.de

Dein **Cuaderno de ejercicios** folgt genau der Reihenfolge deines Spanischlehrbuchs:
Du findest hier also die **Unidades 1–3** und die **Módulos 1–2**.
Was es sonst noch gibt, erfährst du hier:

¡Acuérdate!	Mit den sechs Seiten **¡Acuérdate!** zur Wiederholung des Erlernten aus **¡Apúntate! 1** bereitest du dich auf **¡Apúntate! 2** vor.
12	Hier kannst du eine Audiodatei anhören. Du gelangst über die Cornelsen Lernen App zu deinen Audios.
	Im **Cuaderno** gibt es auch Aufgaben, die du mit einer anderen Person bearbeiten sollst. Oft sind es Rollenspiele oder Tandembögen. Diese findest du am Ende des Arbeitsheftes.
▶ Destrezas, p. 137/21	Dieser Pfeil verweist dich auf dein Spanischbuch, hier auf die Seite 137 im Methodenteil, den **Destrezas**, und zwar Abschnitt 21: „selektives Hörverstehen".
ERKLÄRFILM	Erklärfilme helfen dir auch im **Cuaderno**. Du findest sie in der Cornelsen Lernen App.
☆	Aufgaben, die mit einem hellen Stern gekennzeichnet sind, sind etwas einfacher.
★	Aufgaben mit einem dunklen Stern bieten dir mehr Herausforderungen.
Para profundizar	Mit den Spielen und Übungen auf diesen Seiten kannst du deine Kenntnisse festigen und vertiefen.
Mi página	In jeder **Unidad** gibt es eine Seite für dich, auf der du gleich praktisch anwenden kannst, was du gelernt hast.
Taller	Außerdem gehört zu jeder **Unidad** ein **Taller**, also eine Werkstatt. In diesem Heft findest du drei **Talleres** zum Leseverstehen.
Autocontrol	Schließlich findest du am Ende jeder **Unidad** Aufgaben zu Wortschatz und Grammatik, mit denen du deinen Lernstand selbst überprüfen kannst.
APP	Die Lösungen der **Talleres** und der **Autocontrol**-Seiten findest du in der Cornelsen Lernen App (siehe Seite 1).
Los verbos	Mit den Verbkarteikarten am Ende des Hefts kannst du die Verben leichter lernen.
Lee el texto.	Auf der vorderen Umschlaginnenseite findest du eine Übersicht der Arbeitsanweisungen in den Aufgaben.
¿Qué?	Auf der hinteren Umschlaginnenseite gibt es Tipps zum Schreiben auf Spanisch mit dem Computer oder Tablet.

¡Acuérdate!

Vocabulario

1 **Haz el crucigrama. | Löse das Kreuzworträtsel.**

Vertical

1. En la [...] puedes comer helados muy buenos.
2. En las [...] encuentras de todo: cómics, comida, ropa...
3. Toda la gente queda en la [...].
4. En el [...] puedes comprar revistas o postales.
5. Hay que comprar la fruta y la verdura en el [...].
6. ¿Qué prefieres: el cine o el [...]?

Horizontal

7. En el [...] puedes descansar o patinar.
8. En la [...] no solo hay libros.
9. El lunes es un [...] de la semana.
10. Todos los alumnos van al [...].

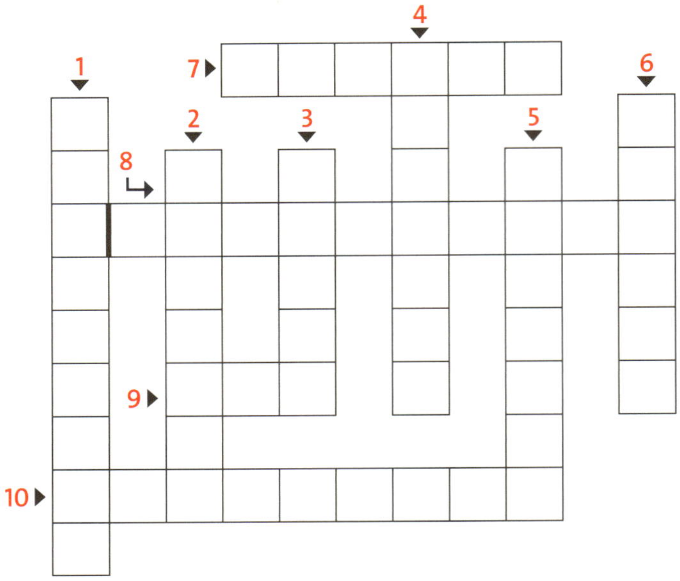

Verbos

2 **Ana cuenta de su fin de semana. Completa el texto con los verbos en -ar. | Ana berichtet von ihrem Wochenende. Ergänze die Formen der Verben auf -ar.**

El fin de semana siempre soy muy activa. El sábado por la mañana, ______________ (*trabajar*/yo) en la cafetería de mis padres. Después, mis amigos y yo ______________ (*participar*/nosotros) en un proyecto de reciclaje. Por la tarde, ______________ (*pasear*/yo) por el parque con mi perro. Se ______________ (*llamar*/él) Loli y es muy divertido. Luego, mi amiga y yo ______________ (*practicar*/nosotras) pasos de baile. A veces, mis amigas ______________ (*tomar*/ellas) algo en nuestra cafetería y yo ______________ (*preparar*) bocadillos.

¿Vosotros también ______________ (*practicar*) pasos de baile? ¿______________ (*participar*/vosotros) en proyectos interesantes?

El domingo, mi familia y yo ______________ (*visitar*/nosotros) a los abuelos. Una vez al mes, mis primos también ______________ (*visitar*/ellos) a los abuelos. Entonces ______________ (*pasar*/nosotros) tiempo juntos: yo ______________ (*tocar*) la guitarra. ¿Tú también ______________ (*tocar*) un instrumento?

3 a **Busca diez verbos en -ir y -er en la sopa de letras y apúntalos. | Finde zehn Verben auf -ir und -er in der Buchstabensuppe und schreibe sie auf.**

C	C	U	M	P	L	I	R
G	O	B	E	B	E	R	A
N	M	U	S	N	E	E	P
O	P	R	C	L	R	S	R
D	A	O	R	O	E	C	E
F	R	I	I	T	E	O	N
L	T	B	B	Q	U	N	D
V	I	V	I	R	G	D	E
I	R	C	R	Z	Y	E	R
R	S	C	O	M	E	R	E
D	I	S	C	U	T	I	R

beber __________ __________

__________ __________

__________ __________

__________ __________

__________ __________

3 b **Completa las frases con verbos de 3a. | Vervollständige die Sätze mit Verben aus Übung 3a.**

1. [Yo] __________ un bocadillo.
2. [Tú] __________ con los amigos.
3. Álex __________ inglés.
4. [Nosotros] __________ en una ciudad.
5. ¿[Vosotras] __________ agua o zumo?
6. Pau e Ismael __________ fotos.

4 a **¡Tienes un mensaje de Luis, de vuestra clase de intercambio! Complétalo con los verbos en -ir y -er. | Du hast eine Nachricht von Luis aus eurer Austauschklasse! Ergänze sie mit den Verben auf -ir und -er.**

Hola, ¿qué tal? Hoy respondo a vuestras preguntas. __________ (*vivir*/yo) con mi familia en Salamanca. Mis abuelos __________ (*vivir*/ellos) en Madrid. Mi hermano Fran y yo __________ (*compartir*/nosotros) habitación. A veces, __________ (*discutir*/nosotros), pero también __________ (*hacer*/nosotros) muchas cosas juntos. Cada mañana __________ (*beber*/yo) un zumo y __________ (*comer*/yo) un bocadillo. En el instituto __________ (*aprender*/nosotros) inglés y alemán. A la una y media __________ (*comer*/nosotros) en la cafetería del insti. Por la tarde __________ (*escribir*/yo) mensajes y chateo con mi pandilla. También __________ (*leer*/yo) cómics y __________ (*ver*/yo) series. Y tú, ¿qué __________ (*hacer*/tú) en tu tiempo libre? ¿Qué __________ (*leer*/tú)? ¿También __________ (*ver*/vosotros) series en Alemania?

4 b **Contesta el mensaje de Luis (ejercicio 4a) y cuéntale sobre ti. Escribe por lo menos cinco frases. | Antworte Luis (Übung 4a) und erzähle ihm von dir. Schreibe mindestens fünf Sätze.**

____

____

____

____

____

5 **Completa la descripción de la habitación con las formas correctas de los verbos ser, estar y haber (hay). | Vervollständige die Beschreibung des Zimmers mit den passenden Formen von ser, estar und haber (hay).**

> Vergiss nicht: **hay** steht nie mit dem bestimmten Artikel!

Esta ____________ la habitación de Claudia y Valentina. ____________ dos hermanas de Sevilla. En su habitación ____________ dos camas, un escritorio y una silla. La silla ____________ delante del escritorio. En la pared, encima del escritorio ____________ una estantería. Los libros de Valentina ____________ en la estantería. La táblet de Claudia ____________ en el escritorio. En la habitación también ____________ una ventana muy grande. ¿Te gusta la habitación de las chicas?

6 a **Hoy hace calor. ¿Tienes ganas de hacer algo? Combina hacer y tener con los complementos. | Heute ist es warm. Hast du Lust, etwas zu machen? Kombiniere hacer und tener mit den Ergänzungen.**

buen tiempo • clase • calor • deporte • 15 años • tiempo • suerte • los deberes • cola • razón • la compra • ~~ganas de hacer algo~~

hacer

____________ ____________ ____________ ____________ ____________ ____________ ____________ ____________

tener

ganas de hacer algo ____________ ____________ ____________ ____________ ____________ ____________ ____________

____

6 b **Completa las frases con la expresión correcta con hacer o tener del ejercicio 6a. | Vervollständige die Sätze mit dem passenden Ausdruck (Kollokation) mit hacer oder tener aus Übung 6a.**

1 
Hoy Pau y Álex *tienen clase* a las ocho.

2 
La pandilla ______________ delante del cine.

3 
Tu hermana ya ______________ ______________.

4 
Hoy ______________ ______________.

5 
Yo siempre ______________ ______________ en el mercado.

6 
Lili y Pau ______________. Les gusta el patinaje.

7 
Álex ______________ ______________.

8 
Mi abuela siempre ______________ ______________ para mí.

9 
¿______________ de jugar al tenis con Nora?

10 
¡Dos euros! Hoy ______________ ______________.

7 **Completa las tablas con las formas de los verbos con cambio vocálico (diptongación). | Ergänze die Tabellen mit den Formen der Verben mit Vokalwechsel (Dipthongierung).**

	volver	**preferir**
[yo]	______________ a casa.	______________ Inglés.
[tú]	______________ del insti.	______________ Música.
[él/ella]	______________ de la heladaría.	______________ Educación Física.
[nosotros/-as]	______________ al parque.	______________ Artes Plásticas.
[vosotros/-as]	______________ del mercado.	______________ Lengua.
[ellos/ellas]	______________ al parque.	______________ Física y Química.

¿Cuándo vuelves del insti?

Vuelvo a las tres de la tarde.

8 **Completa lo que cuenta Bruno con la forma correcta de los verbos con cambio vocálico y salir y hacer. | Vervollständige, was Bruno erzählt, mit den Formen der Verben mit Vokalwechsel und salir und hacer.**

Todos los días, ________________ (*tener*/yo) que ir al instituto por la mañana. ________________ (*empezar*/yo) a las ocho, por eso ________________ (*salir*/yo) de casa a las siete y media. En el insti, primero ________________ (*contar*/yo) todo a mis amigos. A mí me gustan las Matemáticas y el Alemán. Mi amiga Ana ________________ (*preferir*) Inglés y Lengua. Después del insti, ________________ (*querer*/yo) hacer cosas divertidas con mi pandilla. Normalmente, ________________ (*encontrar*/nosotros) un buen lugar para hacer deporte en el parque. Pero cuando ________________ (*hacer*) mal tiempo, no ________________ (*poder*/nosotros) jugar al fútbol. Entonces, ________________ (*preferir*/nosotros) quedar en el centro comercial. Los miércoles no ________________ (*poder*/yo) quedar con los amigos porque ________________ (*tener*/yo) tenis.

9 **Completa el diálogo entre las chicas con las formas correctas de los verbos con cambio vocálico: querer, preferir, tener, entender y poder. | Vervollständige den Dialog der Mädchen mit den passenden Formen der Verben mit Vokalwechsel: querer, preferir, tener, entender und poder.**

Denke daran, dass diese Verben in der 2. und 3. Person Plural den Stammvokal beibehalten. Und vergiss nicht, dass die 1. Person Singular von **tener** unregelmäßig ist.

Nora: Hola Lili, hola Álex, ¿________________ (*querer*/vosotras) ir al cine el viernes?

Lili: Claro, ________________ (*querer*/yo) ir, pero no ________________ (*poder*/yo) porque ________________ (*tener*/yo) que estudiar para el examen de Geografía.

Álex: Yo tampoco ________________ (*poder*/yo) porque ________________ (*tener*/yo) que ayudar a mi madre en casa.

Nora: Claro, ________________ (*entender*/yo). ¿Y el sábado? ¿________________ (*poder*/vosotras) ir o tampoco ________________ (*tener*/vosotras) tiempo?

Lili: Bueno, el sábado por la mañana ________________ (*querer*/nosotros) ir de compras con mi padre, pero por la tarde sí ________________ (*poder*/yo). Y tú, Álex, ¿________________ (*tener*/tú) tiempo?

Álex: Sí, el sábado por la tarde también ________________ (*tener*/yo) tiempo.

Nora: ¡Genial! ¿Y qué película ________________ (*preferir*/vosotras): algo divertido o una peli de acción?

Lili: Yo ________________ (*preferir*/yo) una peli divertida. Álex, tú, ¿qué ________________ (*preferir*/tú)?

Álex: Bueno, yo ________________ (*querer*/yo) ver una de acción.

Nora: ________________ (*poder*/nosotras) ir a ver la nueva de «Piratas del Caribe», es divertida y de acción.

Adjetivos

10 a **Apunta los adjetivos en español al lado de los alemanes. | Schreibe die spanischen Adjektive neben die deutschen.**

divertido/-a • majo/-a • inteligente • bueno/-a • importante • aburrido/-a • grande • pequeño/-a • interesante • genial

klein	______	groß	______
interessant	______	langweilig	______
wichtig	______	toll	______
lustig	______	intelligent	______
nett	______	gut	______

10 b **Combina los adjetivos con los sustantivos. Apunta todas las posibilidades. | Kombiniere die Adjektive mit den Substantiven. Schreibe alle grammatisch korrekten Kombinationen auf.**

divertido • maja • inteligente • buenos • importante • aburrida • grandes • pequeños • interesante • geniales

un amigo ______

una vecina muy ______

un libro ______

una asignatura ______

fiestas ______

animales ______

una película bastante ______

videojuegos ______

Preguntas

11 **Preguntas con dónde, adónde, quién/es, qué, cómo, por qué, cuál. Relaciona respuestas y preguntas. | Fragen mit dónde, adónde, quién/es, qué, cómo, por qué, cuál. Verbinde Fragen und Antworten.**

1. ¿De dónde es Pau?
2. ¿Quiénes son estas chicas?
3. ¿Quién es ella?
4. ¿Por qué estudias alemán?
5. ¿Qué quieres comer el domingo?
6. ¿Adónde vas a ir de vacaciones?
7. ¿Cómo se llama tu padre.
8. ¿Cuál es tu día favorito de la semana?

a. Porque me gustan los idiomas.
b. A Bilbao, al País Vasco.
c. Es la madre de Álex.
d. Son las amigas de Nora.
e. Se llama Antonio.
f. Tortilla y ensalada.
g. Es el miércoles.
h. Es de Valencia.

1 Vocabulario

Mi fin de semana

1 **Escribe las actividades debajo de las fotos. | Schreibe die Aktivitäten unter die Fotos.**

ir en bicicleta • patinar • pasear al perro • nadar • sacar fotos • dibujar

2 **Relaciona y escribe nueve frases. | Verbinde und schreibe neun Sätze über Freizeitaktivitäten.**

[yo]			pie
[tú]			Internet
Pau	*ir* (4x)	a	compras
Lili	*navegar*	al	piragua
Nora	*pasear*	de	la piscina
[nosotras]	*montar*	en	perro
[vosotros]	*jugar*		fútbol/baloncesto/pádel
Álex e Ismael			caballo
Mis padres			bici (de montaña)

Lerne die Aktivitäten am besten immer zusammen: **navegar en Internet**, **pasear al perro** usw.

Lili pasea al perro.

3 a Escribe los medios de transporte al lado de los símbolos. | Schreibe die Fortbewegungsarten neben die Symbole.

ir en tren • ir en bicicleta • ~~ir en avión~~ • ir en autobús • ir en coche •
ir en metro • ir a pie ! • ir en piragua

 ______________________
 ______________________
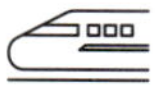 ______________________
 *ir en avión*
 ______________________
 ______________________
 ______________________
 ______________________

★ **3 b** ¿Conoces estos medios de transporte? Apúntalos también al lado de los símbolos. | Kennst du diese Fortbewegungsarten? Schreibe sie auch neben die Symbole. ▶ Destrezas, p. 133/5

~~ir en cohete~~ • ir en moto • ir en tranvía • ir en taxi • ir en helicóptero • ir en barco

 ______________________
 ______________________
 ______________________
 ______________________
 *ir en cohete*
 ______________________

★ **4 a** ¿Cómo es el fin de semana perfecto para los jóvenes? Escribe una frase para cada persona (libro, pp. 12/13). Puedes volver a escuchar lo que dicen. | Wie sieht das perfekte Wochenende der Jugendlichen aus? Schreibe je einen Satz pro Person (Buch, S. 12/13). Du kannst dir noch einmal anhören, was sie sagen.

Pau: *El sábado visita a sus abuelos. Toca*

Nora: ______________________

Lili: ______________________

Ismael: ______________________

Álex: ______________________

4 b **¿Cómo es tu fin de semana perfecto? Escribe por lo menos tres frases. | Und wie sieht dein perfektes Wochenende aus? Schreibe mindestens drei Sätze.**

pasear al perro • *ver* series • *ir* al cine • *leer* • *hacer* deporte • *ir* en bici • *sacar* fotos • *dibujar* • [...]

En mi fin de semana perfecto me gusta... ______________________

____

____

____

____

También ______________________

____

____

____

____

5 2 **Escucha lo que dicen los jóvenes y marca la respuesta correcta. | Höre, was die Jugendlichen sagen, und kreuze die richtige Antwort an.** ▶ Destrezas, p. 137/21

Lies dir die Aufgabenstellung und die einzelnen Fragen vor dem Hören genau durch. Dann weißt du schon, worum es geht und worauf du achten musst.

1. Este fin de semana, Pau...
   a. ☐ va a patinar.
   b. ☐ tiene cumpleaños.
   c. ☐ va al cumpleaños de Álex.
   d. ☐ come una pizza con su padre.
2. Hoy, Lili...
   a. ☐ pasea a su perro.
   b. ☐ va a la piscina para nadar.
   c. ☐ va a la playa con sus amigas.
   d. ☐ toma el sol y escucha música.
3. Este domingo, Ismael...
   a. ☐ va al cumpleaños de Álex.
   b. ☐ va al cine con su hermano.
   c. ☐ pasa tiempo con Nora y Lili.
   d. ☐ va en bicicleta por el Retiro.
4. Los fines de semana, Nora...
   a. ☐ hace deporte.
   b. ☐ escucha música.
   c. ☐ va a bailar con su hermana.
   d. ☐ hace música con su hermana.
5. El sábado por la mañana, Álex...
   a. ☐ va a jugar al baloncesto.
   b. ☐ tiene un partido de fútbol.
   c. ☐ va a ir a la piscina con sus amigas.
   d. ☐ tiene una fiesta en casa de una amiga.
6. El sábado por la tarde, Álex...
   a. ☐ va a hacer una fiesta en el parque.
   b. ☐ va a patinar con sus amigos en el parque.
   c. ☐ va a participar en un podcast sobre comida.
   d. ☐ también juega al fútbol porque le gusta mucho.

¿Qué estás haciendo?

Comprender el texto

1 **¿Qué están haciendo? Relaciona las fotos con las frases. Apunta la letra correcta. | Ordne die Sätze den Fotos zu. Schreibe den passenden Buchstaben auf.**

a. Los amigos están charlando en el parque.

b. La pandilla está llamando a Pau.

c. Está haciendo *plogging* en la playa.

d. Están haciendo deporte en el parque.

e. Está mirando el móvil.

f. Están pensando en ir a la piscina el domingo.

¡Acuérdate!

☆ **2** **Completa el mensaje de Pau con las formas del verbo estar. | Vervollständige Paus Nachricht mit den Formen von estar.**

están • estás • estoy • estáis • estamos • está

Hola, chic@s:

______________ (yo) en Valencia con mi madre.

Hoy ______________ (nosotros) en la playa. Muchos de mis amigos también ______________ aquí.

Y vosotros, ¿dónde ______________ en este momento? Tú, Álex, ¿______________ con tus *influencers* favoritas? 😆 Y Lili, ¿______________ (ella) en otra excursión en bici, como siempre? 😆

Bueno, gente, vuelvo mañana.

Un beso, chao.

Practicar

★ **3** **Escribe las formas del verbo estar en el orden correcto y completa el «paquete del gerundio». | Schreibe die Formen des Verbs estar in der richtigen Reihenfolge auf und vervollständige das „Gerundio-Paket".**

▶ Gramática, p. 25

[yo]	___		nadar → nadando
[tú]	___		comer → comiendo
[él/ella]	___		escribir → escribiendo
[nosotros/nosotras]	___	+	leer → leyendo
[vosotros/vosotras]	___		ir → yendo
[ellos/ellas]	___		poder → pudiendo

> Du kennst eine ähnliche Verbform aus dem Englischen, die Verlaufsform bzw. Continuous-Form. Im Deutschen kannst du diese Verbform auf verschiedene Weise übersetzen:
> No tengo tiempo, estoy haciendo deberes. Ich habe keine Zeit, ich mache gerade Hausaufgaben.
> I don't have time, I'm doing my homework.
> Son las dos de la tarde. Laura está comiendo. Es ist 14:00 Uhr. Laura ist beim Essen.
> It's two p.m. Laura is having lunch.

4 **¿Qué están haciendo? Mira el dibujo y escribe frases. | Was machen die Leute? Schaue das Bild an und schreibe Sätze.**

comer • *sacar* fotos • *hacer* la compra • *ir* en bicicleta • *jugar* • *montar* a caballo • *pasear* al perro • *patinar*

María y Virginia están patinando.

___

___

___

___

___

5 **Dibuja actividades y escribe frases con gerundio. | Zeichne Aktivitäten und schreibe Sätze mit gerundio.**

6 **¿Qué puedes hacer en estos lugares? Escribe frases como en el ejemplo. | Was kannst du hier alles tun? Schreibe es auf wie im Beispiel.**

Ejemplo: En la biblioteca puedes leer libros, escuchar música y...

el parque • la piscina • la plaza • la playa • el mercado • la biblioteca

leer • *jugar* • *hacer* deporte • *tomar* el sol • *hacer* la compra • *comer* • *nadar* • *escuchar* música • *ir* en bici • *descansar* • [...]

¡Acuérdate!

7 **¿Qué pueden hacer las personas? ¿Qué (no) puede hacer el robot? Escribe seis frases utilizando el verbo poder. | Was können Menschen machen? Was kann der Roboter (nicht) machen? Schreibe sechs Sätze mit poder.**

[yo]		puedo	*hablar* idiomas
[tú]		puedes	*tener* amigos
El robot		puede	*nadar*
[nosotros/-as]	(no)	podemos	*comer*
[vosotros/-as]		podéis	*hacer* música
Las personas		pueden	*montar* a caballo

Yo puedo tener amigos, pero el robot no

Escuchar

Notiere dir vor dem Hören, was auf den Bildern passiert, und bereite so den Wortschatz für das Hörverstehen aktiv vor.

8 a **Mira los dibujos y apunta qué están haciendo los chicos. | Schaue dir die Bilder an und notiere, was die Jugendlichen gerade tun.**

estudiar • *patinar* • *leer* • *hacer* deporte • *mirar* el móvil • *hacer plogging* • *descansar* • *hacer* videojuegos • *chatear* • [...]

están haciendo

3 **8 b Ahora escucha y marca los dibujos correctos. | Nun höre zu und kreuze die passenden Bilder an.**

▶ Destrezas, p. 137/20

8 c Escucha otra vez y elige la opción correcta. | Höre noch einmal zu und wähle die richtige Lösung.

▶ Destrezas, p. 137/21

1. Los chicos están viendo un vídeo sobre…
   a. ☐ un libro.
   b. ☐ un viaje por España.
   c. ☐ el examen de Lengua.
2. La madre le pregunta a la chica…
   a. ☐ qué pasa en el capítulo.
   b. ☐ por qué no ve una serie.
   c. ☐ cuándo queda con Lili y Eva.
3. Los chicos no entienden por qué…
   a. ☐ la gente no toma agua.
   b. ☐ tienen que recoger basura.
   c. ☐ la gente no se lleva la basura.
4. A la chica le gusta patinar, pero ahora…
   a. ☐ quiere descansar.
   b. ☐ quiere ir a tomar el sol.
   c. ☐ está esperando a una amiga.

Escribir

9 Escribe un mensaje de texto a la pandilla de Madrid y cuenta en cinco frases lo que estás haciendo. | Schreibe eine Textnachricht an die Freunde aus Madrid und erzähle in fünf Sätzen, was du gerade machst.

Hola: ______________________________

____

____

____

____

____

____

Hablar

10 ¡A jugar! Jugad a las pantomimas. A hace una actividad y B adivina. Intercambiad los papeles. | Spielt zu zweit Pantomime. A spielt eine Aktivität vor und B errät sie. Wechselt euch ab.

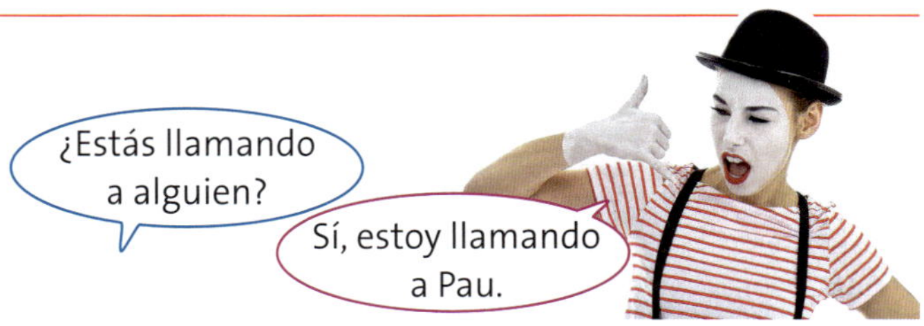

comer un helado • *sacar* fotos • *descansar* • *escuchar* música • *beber* un zumo • *ver* una película • *escribir* un mensaje • *correr* • *tocar* la guitarra • *nadar* • *pasear* al perro • *bailar* • *comprar* un libro • *limpiar* la bici • *leer* una revista • *abrir* la puerta

11 Haced el tándem en la p. 78. | Bearbeitet den Tandembogen auf S. 78.

Adiós a las vacaciones

Comprender el texto

1 a **Lee el texto ¡Buen fin de semana! (p. 20 en el libro) y subraya los finales de frases correctos. | Lies den Text ¡Buen fin de semana! (S. 20 im Buch) und unterstreiche jeweils das richtige Satzende.**

1	La pandilla quiere ir a la piscina...	el sábado. • el domingo. • el fin de semana.
	Después todos van a...	la piscina. • los toboganes. • comprar bebidas.
	Como siempre, Nora e Ismael...	juegan al fútbol. • cuentan chistes. • tocan la guitarra.
	Al mediodía, comen bocadillos,	helado y fruta. • golosinas y helado. • fruta y golosinas.
	Llegan al parque	a las 9:00. • a las 10:00. • a las 11:00.
	Este día hace	mal tiempo. • buen tiempo. • frío.
	Los amigos van al parque acuático	en bici. • en coche. • en bus.
	Los chicos llevan mochilas y	gafas del sol. • toallas. • libros.
	En una carrera en la piscina,	Ismael gana. • Lili gana. • Álex gana.
	Por la tarde, Pau juega a las cartas	con Lili y Álex. • con Nora. • con Ismael.
	Nora mira los horarios del autobús	en el móvil. • en su agenda. • en el quiosco.
	En septiembre, el autobús sale	a las 20:15. • a las 18:45 • a las 19:45.

1 b **Ordena ahora las frases de 1a y escribe el resumen de la excursión de la pandilla. | Ordne nun die Sätze von Übung 1a und schreibe die Zusammenfassung des Ausflugs der Freunde in der richtigen Reihenfolge.**

1. La pandilla quiere ir a la piscina

¡Acúerdate!

2 a ¿Qué (no) te gusta? Escribe tres frases en singular y tres en plural. | Was gefällt dir (nicht)? Schreibe drei Sätze im Singular und drei im Plural.

Achtung: **gustar** bezieht sich wie „gefallen" auf das Wort bzw. die Personen, Sachen oder Aktivitäten, die einer Person gefallen, und muss deshalb im Singular oder Plural an diese angepasst werden.	A mí me gusta nadar. A Paula le gustan los cómics. A los chicos les gusta el cine.

A mí (no) me gusta (mucho) ... A mí (no) me gustan (mucho) ...	mi familia • hacer senderismo • ir a la playa • las montañas • mis amigos • el fútbol • dibujar • charlar • ir a la piscina • hacer deporte • el camping • los perros • los gatos • mi instituto • hacer rutas en bici • hacer manualidades • el fin de semana • las vacaciones • mis profesores • mi casa • [...]

____

____

____

____

____

2 b Pregunta a dos personas de tu clase qué les gusta y qué no. Apunta sus respuestas. | Frage zwei Personen in deiner Klasse, was ihnen gefällt und was nicht, und notiere ihre Antworten.

A ______ le gusta ______ le gustan ______.

A ______ no le gustan ______ no le gustan ______.

A ______ le gusta ______ le gustan ______.

A ______ no le gustan ______ no le gustan ______.

3 a Relaciona estas frases españolas con las frases alemanas. | Verbinde die spanischen Sätzen mit den deutschen Entsprechungen.

1. A Pedro le gusta ir al cine.
2. A Pedro no le gusta la tortilla.
3. A Pedro le gustan los gatos.
4. A Pedro no le gusta mi camiseta.

a. Pedro gefällt mein T-Shirt nicht.
b. Pedro geht gern ins Kino.
c. Pedro mag keine Tortilla.
d. Pedro mag Katzen.

3 b Traduce estas frases al alemán. | Übersetze diese Sätze ins Deutsche.

1. A Petra no le gustan los perros. ______________________
2. A Petra le gusta comer helado. ______________________
3. A Petra le gusta la fruta. ______________________
4. A Petra le gusta mi gorra. ______________________

Practicar

Die indirekten Objektpronomen:
me = mir — nos = uns
te = dir — os = euch
le = ihm/ihr ! — les = ihnen

4 **Nos gustan muchas cosas. Completa con me, te, le, nos, os, les y contesta las preguntas. | Uns gefallen viele Dinge. Vervollständige mit me, te, le, nos, os, les und beantworte die Fragen.**

1 

A mí ________ gusta mucho escuchar música hip hop, ¿y a ti? ¿Qué te gusta escuchar?

A mí ________________________________

2 

A nosotras ________ gusta hacer carreras y ganar. ¿Y a ti?

____

3 

A Ismael y a Nora ________ gusta hacer excursiones en bici. ¿Y a vosotros?

A nosotros ________________________________

4 

Hola, chicos, ¿a vosotros también ________ gusta ir a un parque acuático?

A nosotros ________________________________

5 

________ gusta pasear a mi perro Chispa. ¿Y a ti? ¿Te gusta pasear a un animal?

____

6 

A nosotras ________ gusta mucho comer pizza. ¿Y a ti?

____

5 a **Ordena las formas de traer y jugar. | Bringe die Formen von traer y jugar in die richtige Reihenfolge.**

jugamos • traen • trae • traes • juegas • juego • traemos • juega • traigo • jugáis • juegan • traéis

	jugar	traer
[Yo]	________	________ !
[Tú]	________	________
[él/ella]	________	________
[nosotros/-as]	________	________
[vosotros/-as]	________	________
[ellos/ellas]	________	________

5 b **Escribe frases con estos elementos. Tienes que conjugar los verbos traer y jugar. | Bilde Sätze mit diesen Satzteilen und konjugiere dabei die Verben traer und jugar.** ▶ Gramática, p. 25

1. Ismael • bocadillos de tortilla • *traer*

Ismael trae ______________________________

2. para los amigos • *traer* • Álex y Lili • helado

____

3. a las cartas • *jugar* • Ismael y Pau

____

4. *traer* • y • mochilas • toallas • la pandilla

____

5. *jugar* • todos los amigos • parque acuático • en el

____

6. Pau: [yo] • al fútbol • los fines de semana • *jugar*

Pau: ______________________________

7. Nora: porque • *traer* [yo] • soy • no • bocadillos de jamón • vegetariana

Nora: ______________________________

6 **Forma parejas y escribe frases. | Bilde passende Paare und schreibe Sätze.**

la piscina • el helado • la pelota • las cartas • la entrada • el mar	el cine • jugar • la heladería • el fútbol • nadar • las olas

Voy a nadar en la piscina. ______________________________

____

____

____

____

____

Escuchar

7 a Antes de escuchar, apunta lo que ves en las imágenes. | Notiere vor dem Hören, was du auf den Bildern siehst.

1

una familia:

2

3

4

5

6

4 **7 b** Este soy yo! Escucha la presentación de un chico de intercambio. Marca los dibujos correctos. | Das bin ich! Höre die Vorstellung eines Austauschschülers und kreuze die passenden Bilder an. ▶ Destrezas, p. 137/21

4 **7 c** Vuelve a escuchar y corrige estas frases falsas. | Höre noch einmal zu und korrigiere diese falschen Sätze.

1. Tomás vive con su padre, un hermano y una hermana.

2. Sus asignaturas favoritas son Geografía y Física.

3. Le gusta ir a bailar con sus amigos.

7 d Habla con un/a compañero/-a: ¿Es Tomás una buena pareja de intercambio para ti? ¿Por qué (no)? | Sprich mit jemandem aus deiner Klasse: Ist Tomás ein passender Austauschpartner für dich? Warum (nicht)?

Bueno, a mí me gusta ir a bailar, pero...

Es verdad, pero a Tomás y a ti os gusta...

Escribir

8 **Ayúdale a tu mejor amigo/amiga a conocer jóvenes en España. Escribe un mensaje en tu cuaderno y presenta a esa persona. ¿Cómo es? ¿Cuáles son sus fuertes? ¿Qué (no) le gusta hacer? | Hilf deinem besten Freund / deiner besten Freundin, Jugendliche in Spanien kennenzulernen. Schreibe eine Nachricht in dein Heft und stelle ihn/sie vor: Wie ist er/sie? Was sind seine/ihre Stärken? Was macht er/sie (nicht) gern?**

simpático/-a • divertido/-a • inteligente • majo/-a • tranquilo/-a • activo/-a • alegre • deportista • creativo/-a • [...]

leer • ir a la piscina • jugar a las cartas • nadar • escuchar música • tocar la guitarra • pasear a la mascota • jugar al fútbol • bailar • [...]

Pronunciación

Wenn zwei Vokale zusammen eine Silbe bilden, nennt man das einen Diphthong. Im Spanischen gibt es viele solcher Doppellaute: **puer-ta**, **fies-ta**. Du kennst das auch aus dem Deutschen: Au-to, heu-te, Stei-ne usw. Die beiden Vokale in so einem Doppellaut darfst du nicht trennen, weder beim Schreiben noch beim Sprechen.

9 a **Separa las sílabas de estas palabras como en el ejemplo. ¡Presta atención a los diptongos! | Trenne die Silben dieser Wörter wie im Beispiel. Achte auf die Doppellaute!**

Ejemplo: bai|lar Eu|ro|pa ciu|dad ge|nial

aula • autobús • piragua • agua • cuaderno

bueno • respuesta • puerta • jueves • juego

tienda • tradicional • fiesta • siempre

quiosco • rubio • curiosa • especial • familia • genial

veinte euros • seis tiendas • siete piraguas • tres euros

Achtung: Die Doppellaute werden auf Spanisch oft anders ausgesprochen als auf Deutsch.
euro ['euro] ≠ Euro ['ɔɪro]

5
9 b **Escucha las palabras y repítelas. | Höre nun die Wörter und sprich sie nach.**

6
10 a **Lee y escucha el trabalenguas. | Lies und höre den Zungenbrecher.**

–Cuéntame un cuento, ¿quieres?
–¿Cuántos cuentos quieres que te cuente?
–Cuarenta y cuatro cuentos quiero que me cuentes cuando quieras[1].

1 **Cuarenta y cuatro cuentos quiero que me cuentes cuando quieras.** Ich will, dass du mir vierundvierzig Geschichten erzählst, wann du willst.

10 b ★ **Ahora practicad el trabalenguas. ¿Quién lo hace más rápido? | Übt jetzt den Zungenbrecher. Wer von euch kann ihn am schnellsten sprechen?**

Hablar

11 **Haced el tándem en la p. 79. | Bearbeitet den Tandembogen auf S. 79.**

12 **Haced el juego de rol (pp. 83/84). | Macht das Rollenspiel (S. 83/84).**

1 Para profundizar

facultativo

1 **Trabajáis en parejas y os preguntáis por los nombres de las personas que están haciendo algo. | Ihr arbeitet zu zweit und fragt euch gegenseitig nach den Namen der Personen, die hier gerade etwas tun.**

¿Quién está comiendo?

Es Luisa. / Luisa está comiendo.

hablar • *beber* • *patinar* • *escuchar* • *tocar* la guitarra • *pasear* al perro • *jugar* al fútbol • *comer* • *escribir* • *descansar* • *dormir* • *mirar* • *estudiar* • *dibujar* • *ir* en barco[1] • [...]

1 ir en barco Boot fahren

facultativo

2 **¿Cómo son estas personas? ¡Inventa cosas sobre ellas y preséntalas! | Wie sind diese Personen? Denke dir etwas über sie aus und stelle sie vor!** ▶ Para comunicarse, p. 154

¿Cuántos años tiene? | ¿Cómo es su familia? | ¿Cómo es su instituto? | ¿Cómo es su casa? | ¿Qué (no) le gusta? | ¿Cuál es su deporte favorito? | ¿Cuál es su plato favorito? | *pasar* tiempo con… | *pasear* | *ir* a… | ¿Qué es su fuerte? | *jugar* a ! | ¿Qué hay en su habitación? | ¿De dónde es? | […]

1. *Paula tiene 17 años.* ____________________

2. ____________________

3. ____________________

3 **Practica el trabalenguas. ¿Puedes leerlo muy rápido? | Übe den Zungenbrecher. Kannst du ihn ganz schnell sprechen?**

El hipopótamo[1] Hipo tiene hipo[2] ¿Quién le quita[3] el hipo al hipopótamo Hipo?

1 **el hipopótamo** Nilpferd 2 **el hipo** Schluckauf 3 **quitar** *hier:* erlösen von

facultativo

1 **Wenn du einen Text liest, überlege zuerst, um welche Textsorte es sich handelt. Schaue dir diese Textausschnitte an und ordne sie der passenden Textsorte zu. Du brauchst nicht alles zu verstehen.**

1 Gedicht (un poema) | 2 Zeitungsartikel (un artículo) | 3 Erzählung (un cuento)

4 Textnachricht (un mensaje de texto) | 5 Tagebuch (un diario) | 6 Comic (un cómic)

☐ –¡Alto! –dice el policía– Por aquí no vas a pasar.
–Pero, ¿por qué? –pregunta el joven– ¿Por qué no puedo entrar?
Los dos están en la puerta del parque del barrio, cerca del quiosco.
Algo está pasando en el parque, pero el joven no puede ver qué...

☐ En mi casa hay un patio
muy particular
cuando llueve se moja
y se vuelve a secar.

☐ 5 de julio
Hoy es martes, el día más terrible de la semana,
¡tenemos Geografía con el señor Jiménez!
Él a mí no me quiere. No entiendo sus preguntas.
Y luego está Marina, la listilla de la clase...

☐ 

☐ **NUEVA PISCINA PARA VILLANUEVA**

Zamora. En Villanueva del Campo quieren construir una nueva piscina municipal. Los vecinos la reclaman desde hace diez años. El presupuesto inicial es de 7,7 millones de euros, pero...

☐ ClaraSol
¿Hoy a las 9 en el insti?
¡Tengo los deberes de Mates!
TQM
15:18

2 **Diese Elemente geben dir Informationen zur Textsorte und zum Inhalt des Textes. Welche haben dir hier geholfen? Kreuze an.** ▶ Destrezas, p. 137/24

- ☐ Fotos, Bilder, Illustrationen
- ☐ Überschriften
- ☐ das Format und die Länge des Textes
- ☐ die Schriftgröße
- ☐ der Schreibstil / die Wortwahl
- ☐ der Aufbau / die Struktur des Textes

3 a **Einer der Texte in 1 stammt aus einem Roman. In welcher Gattung würdest du den Text einordnen?**

- ☐ Liebesroman (*novela de amor*)
- ☐ Kriminalroman (*novela policíaca*)
- ☐ Fantasyroman (*novela de fantasía*)
- ☐ Historischer Roman (*novela de historia*)

3 b **Worauf gründet sich deine Entscheidung in Übung 3a?**

____

4 **Ein weiterer Text ist ein Zeitungsartikel. Worum geht es darin? Schreibe die Schlüsselwörter heraus.**

____

____

5 **Was für eine Textsorte ist das? Woran erkennst du es? Sieh dir alle Bestandteile des Textes an.**

A

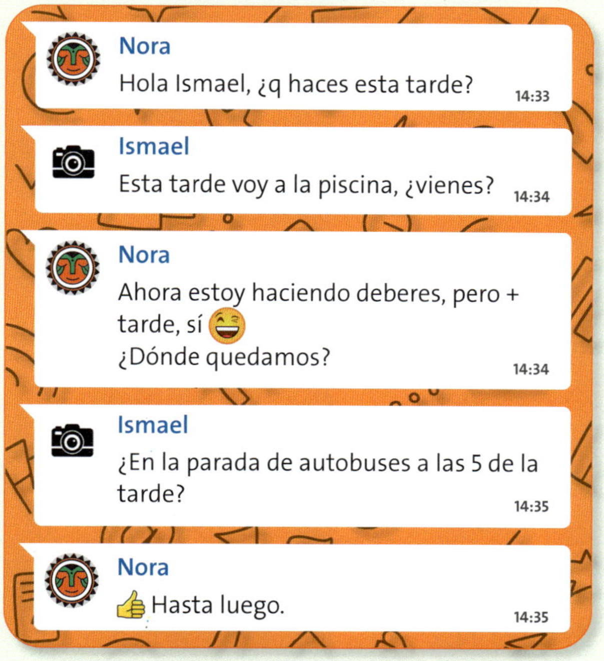

Bei diesem Text handelt es sich um

____

Ich habe es an diesen Hinweisen erkannt:

____

____

B

Ahora sí: ¡fin de semana!

¡Por fin! Es sábado 15 de mayo y hace muy buen tiempo en Madrid. A las 10 de la mañana los chicos y chicas de la pandilla ya están en la plaza al lado de su instituto para pasar un día de fiesta en la Pradera de San Isidro.

Diez minutos después ya van juntos en el autobús y hablan sobre las actividades del programa de fiestas de este año.

Poco después, la pandilla ya está en la pradera. Son casi las 11 de la mañana, pero ya hay bastantes personas, sobre todo familias con niños pequeños que van a los talleres o participan en los juegos tradicionales. También hay muchas atracciones y casetas con productos típicos.

(Manuel Vila Baleato *Y, ¿dónde está Pau?, 2024*)

Bei diesem Text handelt es sich um

eine Erzählung / eine Geschichte.

____

Ich habe es an diesen Hinweisen erkannt:

____

____

____

6 **Comprensión global: Lee el extracto de texto B del ejercicio 5 y contesta las preguntas. | Globales Leseverstehen: Lies den Textausschnitt B der Aufgabe 5 und beantworte die „W-Fragen“.** ▶ Destrezas, p. 138/26

¿Quién? ______________________________

¿Cuándo? ______________________________

¿Qué? ______________________________

¿Dónde? ______________________________

¿Por qué? ______________________________

1 Mi página

facultativo

Conozco estos medios de transporte. | Diese Fortbewegungsmittel kenne ich.

ir en...

- *ir a pie* !
-
-
-
-
-
-
-

Ya conozco estas actividades. | Diese Freizeitaktivitäten kenne ich schon.

Actividades en casa

-
-
-
-
-
-

Actividades al aire libre

-
-
-
-
-
-

Los fines de semana, normalmente,

#MiFindePerfecto:

En las vacaciones, me gusta

Yo soy buen/buena

Mi fuerte es

APP ▶ Soluciones

facultativo

Gramática

1 El gerundio: Escribe frases con **gerundio** para cada dibujo. | Schreibe einen Satz mit **gerundio** für jedes Bild.

2 El pronombre de complemento indirecto + gustar: Completa con **me**, **te**, **le**, **nos**, **os**, **les** + **gustar**. | Ergänze **me**, **te**, **le**, **nos**, **os**, **les** und die passende Form von **gustar**.

A Lili e Ismael ________ mucho leer. A mi amiga Álex ________ el fútbol. A Pau también ________ hacer deporte. A mí ________ escuchar música. Y a nosotros ________ bailar. Y a ti, ¿qué ________? ¿Qué ________ (a vosotros) hacer el fin de semana?

3 Buen/bueno/buena y mal/malo/mala: Completa con las formas correctas de los adjetivos **buen/o/a** [+] y **mal/o/a** [–]. | Ergänze die passenden Formen der Adjektive **buen/o/a** [+] und **mal/o/a** [–].

Hoy no es un ________ [–] día para ir al parque: hace muy ________ [+] tiempo. Ismael tiene una ________ [+] idea: jugar a las cartas. Él es bastante ________ [–] jugador, pero es ________ [+] perdedor. Lili y Nora son ________ [+] jugadoras, pero Álex es bastante ________ [–] jugadora.

4 El verbo jugar: Completa con las formas correctas de **jugar**. | Ergänze die passenden Formen von **jugar**.

–Por la tarde, ________ (yo) a la pelota. Y tú, ¿________ con el perro en el parque?

Álex ________ al fútbol con su hermana Lola. Pau e Ismael ________ al baloncesto.

–¿Vosotras ________ al pádel? –No, nosotras ________ a las cartas.

5 El verbo traer: Completa con las formas correctas de **traer**. | Ergänze die passenden Formen von **traer**.

Álex: Mirad, ________ (yo) fruta para el pícnic. Lili, ¿qué ________ tú?

Lili: ________ (yo) golosinas y agua. Pau e Ismael, y vosotros, ¿qué ________?

Ismael: Nosotros ________ bocadillos de tortilla. Y Nora ________ zumo.

APP ▶ Soluciones

Módulo 1

¿Qué te pones hoy?

Vocabulario

1 **Escribe los colores debajo de las imágenes. | Schreibe die Farben unter die Bilder.**

negro/-a • blanco/-a • gris • amarillo/-a • rojo/-a • rosa • naranja • azul • verde • marrón

Einige Farbnamen im Spanischen ändern sich überhaupt nicht: **naranja**, **rosa**. Andere haben nur jeweils eine Form für Singular und Plural: **marrón-marrones**, **azul-azules**, **verde-verdes**, **gris-grises**.

___________ ___________ ___________ ___________ ___________

___________ ___________ ___________ ___________ ___________

2 **Apunta los nombres de la ropa. | Schreibe die Namen der Kleidungsstücke unter das passende Bild.**

la camiseta • el jersey • las zapatillas de deporte • el gorro • los pantalones de chándal • el vestido • los zapatos • la camisa • los vaqueros • el abrigo • la chaqueta • la gorra • la bufanda • la falda • las botas • el uniforme

1 
2 
3 

1 el vestido, ___________

____

Practicar

3 a Mañana hay una fiesta de «mal gusto». ¿Qué te vas a poner? Escribe unas seis frases combinando la ropa según las letras. | Morgen gehst du zu einer Party des „schlechten Geschmacks“. Was wirst du anziehen? Kombiniere die Kleidungsstücke gemäß den Buchstaben und schreibe mindestens sechs Sätze.

A

B

C

D

E

F

G

H

J

K

L

M

1. «D-F-H»: *Me pongo los pantalones blancos, los zapatos verdes y la camiseta roja.*
2. «B-M-J»: ______
3. «K-D-A»: ______
4. «C-H-G»: ______
5. «E-K-F»: ______
6. ______

3 b **A** hace una combinación de letras. **B** formula la frase. Intercambiad los papeles. | **A** kombiniert Buchstaben. **B** bildet den Satz. Wechselt euch ab.

B-K-A

Me pongo el vestido verde, [...].

4 Jugad a «hacer la maleta». **A** empieza, **B** repite lo que dice **A** y dice algo más, **C** repite lo que dicen **A** y **B**, etc. | Spielt "Koffer packen" **A** sagt etwas, **B** wiederholt es und fügt etwas hinzu. **C** wiederholt, was **A** und **B** gesagt haben usw.

Pongo mi pantalón azul.

Pongo mi pantalón azul y mi blusa rosa.

Pongo mi pantalón azul, mi blusa rosa y...

5 En la pasarela. Imaginad una presentación de moda y describid a las otras personas en la clase. | Auf dem Laufsteg. Stellt euch eine Modenschau vor und beschreibt die anderen Personen in der Klasse.

Aquí vemos a Marion.
Nos presenta pantalones a cuadros[1] con un cinturón[2] marrón, una camiseta y una chaqueta gris. También lleva un sombrero[3] amarillo y una bufanda colorida[4]. ¡Qué divertida!

1 **a cuadros** kariert 2 **el sombrero** der Hut
3 **el cinturón** der Gürtel 4 **colorido/-a** bunt

6 ¿Qué tiempo hace? Apúntalo al lado de los dibujos. | Wie ist das Wetter? Schreibe es neben die Bilder.

hace calor • hace frío • llueve • hace mal tiempo • hace sol • hace buen tiempo

1  En Madrid ____________ *hace sol.* ____________

2  En Granada ____________ ____________

3  En los Pirineos ____________ ____________

4  En Galicia ____________ ____________

5 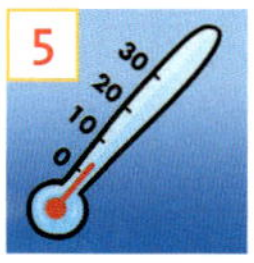 En Hamburgo ____________ ____________

6  En Valencia ____________ ____________

7 Relaciona para formar frases. | Verbinde und bilde Sätze.

1. ¡Qué bien! Hoy en la ciudad...
2. ¡Uf! Hace mucho calor aquí...
3. ¡Qué suerte! Hoy, en la playa...
4. En Galicia llueve...
5. ¡Brrr, hoy hace...
6. En Valencia va a...

a. hace buen tiempo. ¿Vamos a nadar?
b. toda la semana, ¡como siempre!
c. bastante frío! ¿Dónde está mi chaqueta?
d. hace sol. Podemos ir al parque.
e. hacer mal tiempo entre hoy y mañana.
f. en Sevilla. ¡Quiero un helado!

07 **8 a** **Escucha los cuatro mensajes de voz. Apunta lo que quieren hacer los jóvenes. | Höre die vier Sprachnachrichten. Notiere, was die Jugendlichen machen wollen.** ▶ Destrezas, p. 137/19, 20

1. a. ¿Quiénes hablan? *Lili y Nora* ______________________

   b. ¿Dónde están? ______________________

   c. ¿De qué hablan? ______________________

   d. ¿Qué quieren hacer? ______________________

2. a. ¿Quiénes hablan? ______________________

   b. ¿Dónde están? ______________________

   c. ¿De qué hablan? ______________________

   d. ¿Qué quieren hacer? ______________________

07 **8 b** **Vuelve a escuchar los mensajes y marca las respuestas correctas. | Höre die Sprachnachrichten noch einmal und kreuze jeweils die richtige Antwort an.** ▶ Destrezas, p. 137/21

1. Lili se pone...
   a. ☐ su vestido blanco y la camiseta azul.
   b. ☐ su falda azul y una camiseta blanca.
   c. ☐ su falda blanca y una camiseta azul.

2. Nora se pone...
   a. ☐ su falda verde.
   b. ☐ su vestido verde.
   c. ☐ su vestido negro.

3. Pau se pone...
   a. ☐ su chaqueta y un jersey gris.
   b. ☐ un jersey y su chaqueta gris.
   c. ☐ un jersey y su chaqueta roja.

4. Ismael se pone...
   a. ☐ un jersey rojo.
   b. ☐ su chaqueta gris.
   c. ☐ su chaqueta roja.

Hablar

9 **Haced el juego de rol en las pp. 83/84. | Macht das Rollenspiel auf den Seiten 83/84.**

Las actividades extraescolares favoritas

1 **Encuentra 20 actividades extraescolares en la sopa de letras y apúntalas con el artículo y pon acentos, si hace falta.**

A	A	R	T	E	S	R	E	B	O	B	H
E	I	L	E	C	T	U	R	A	L	A	U
V	W	O	N	L	B	A	I	L	E	L	E
U	N	D	I	A	S	F	C	O	R	O	R
G	A	Q	S	J	U	D	O	N	M	N	T
I	T	M	U	S	I	C	A	M	B	C	O
M	A	N	U	A	L	I	D	A	D	E	S
N	C	F	U	T	B	O	L	N	R	S	T
A	I	D	I	O	M	A	S	O	V	T	G
S	O	N	W	X	T	E	A	T	R	O	C
I	N	F	O	T	O	G	R	A	F	I	A
A	E	S	C	R	I	T	U	R	A	Z	G
P	A	R	T	I	C	U	L	A	R	E	S
P	R	O	G	R	A	M	A	C	I	O	N

el club de ______

el club de ______

______ *escolar*

______ *moderno*

las artes plásticas

la escuela de ______

las clases de ______

______

las clases ______

______ *y la robótica*

2 **Lee lo que dicen estos jóvenes y apunta dos o tres actividades extraescolares para ellos.**

1

Soy Sofía. Me gustan los libros, leer y escribir. También me gusta la música. Tengo problemas en Francés.

2

Me llamo Natalia. Me interesa mucho la informática, el arte y la fotografía. No me gustan nada las manualidades.

3

Somos Pablo e Iker. Ya hacemos mucho deporte juntos. Nos gusta la música, pero no cantar. ¿Qué podemos hacer?

3 **Dame cinco: apunta cinco ejemplos para cada mano.**

1. Cinco deportes con pelota[1]: ______________________________

____

2. Cinco extraescolares que haces con las manos: ______________________________

____

3. Cinco idiomas: ______________________________

1 **la pelota** der Ball

4 **Relaciona los verbos con los substantivos correspondientes.**

1. la escritura	a. jugar
2. la lectura	b. escribir
3. el baile	c. programar
4. la natación	d. leer
5. el juego	e. nadar
6. la programación	f. bailar

¡Acuérdate!

5 **¿Qué les gusta a los chicos? Completa las frases con los pronombres me, te, le, nos, os, les + gusta/gustan + las actividades.**

1. A mí ______________________________ 
2. A Manuel ______________________________ 
3. A nosotros ______________________________ 
4. A Adriana y a Bruno ______________________________ 
5. A vosotras ______________________________ 
6. A ti ______________________________ , ¿verdad?

Escuchar

6 a **¿Qué actividades extraescolares son? Apunta la palabra con el artículo determinado.**

croo	______________	gupro de ttareo	______________
pajaitne	______________	miendauldaas	______________
hertuo elcaosr	______________	caelss de iiodmas	______________
aetrs plásictas	______________	ncataión	______________

▶▶▶

6 b (Audio 8) **¿Qué actividades extraescolares hacen los chicos? Escucha y apunta la actividad.**

1. ______________________
2. ______________________
3. ______________________
4. ______________________
5. ______________________
6. ______________________
7. ______________________
8. ______________________

7 a (Audio 9) **Escucha los resultados de la encuesta[1] sobre las extraescolares favoritas de tres institutos en la provincia de Cádiz y apunta los resultados.** ► Destrezas, p. 137/21

1 la encuesta die Umfrage

el teatro (2x) • las clases de idiomas • el fútbol • el baloncesto • el flamenco / el baile • la fotografía • el pádel (2x) • el balonmano • la natación • el club de escritura • el atletismo • la escuela de música • el baile moderno

____

____

____

7 b (ERKLÄRFILM) **¿Y cuáles son tus cinco actividades preferidas? Completa las frases.** ► Gramática, p. 45

Bei den Ordinalzahlen stehen im Spanischen keine Punkte hinter der Ziffer, sondern kleine hochgestellte Buchstaben:

en 1er (primer) lugar	an 1. Stelle
la 1^{a} (primera) actividad	die 1. Aktivität
en 2° (segundo) lugar	an 2. Stelle

Mi *quinta* (5^{a}) actividad preferida es ______________________.

En __________ (4°) lugar prefiero ______________________.

En __________ (3er) lugar me gusta ______________________.

Mi __________ (2^{a}) actividad preferida es ______________________.

En __________ (1er) lugar me gusta muchísimo ______________________.

8 Completa con la forma correcta de primer/o/a, segundo/-a, tercer/o/a, cuarto/-a, quinto/-a.

1. Hoy es el __________ (1er) día de clases.
2. El coro es mi __________ (1^{a}) actividad extraescolar.
3. Este es el __________ (2°) libro de aventuras que leo.
4. ¡Entra por la __________ (4^{a}) puerta a la derecha!
5. Tenéis que hacer el __________ (5°) ejercicio del libro.
6. Inés vive en el __________ (3er) piso.
7. Es el __________ (4°) coche de color rojo.
8. Me encanta la __________ (5^{a}) canción del álbum de Rosalía.
9. La __________ (3^{a}) chica en la foto se llama Amelia.
10. La __________ (2^{a}) actividad favorita es el pádel.

Extraescolares: ¿Cómo organizas tu tiempo?

Comprender el texto

1 **Lee el texto (libro, p. 36) y decide si la frase es correcta o falsa. Corrige las frases falsas.**

1. Todos los años, los alumnos eligen actividades extraescolares en las primeras semanas de clase. ☐ Correcto ☐ Falso

2. Ismael no quiere participar en ninguna actividad porque las extraescolares no le interesan. ☐ Correcto ☐ Falso

3. A Ismael le interesa el club de lectura porque le gusta mucho leer. ☐ Correcto ☐ Falso

4. Ismael no quiere hacer ninguna actividad deportiva este año. ☐ Correcto ☐ Falso

5. Lili va a tener actividades extraescolares casi todos los días. ☐ Correcto ☐ Falso

6. Lili piensa que este curso es fácil porque hay pocas asignaturas nuevas. ☐ Correcto ☐ Falso

7. Lili piensa que no va a tener tiempo para descansar. ☐ Correcto ☐ Falso

8. Pau quiere llenar su tiempo libre con muchas actividades extraescolares. ☐ Correcto ☐ Falso

9. Este trimestre, Pau va a ensayar los lunes con la banda del instituto. ☐ Correcto ☐ Falso

10. El próximo trimestre, Pau va a participar en el club de ajedrez. ☐ Correcto ☐ Falso

Vocabulario

2 **Escribe la palabra española correspondiente a la palabra inglesa o alemana.**

suficiente • la novela gráfica • el estrés • la oferta • la banda • el manga • el trimestre • interesar

1. *el trimestre* ______ → das Trimester
2. ______ → the offer
3. ______ → der Stress
4. ______ → sufficient
5. ______ → das Manga
6. ______ → the band
7. ______ → interessieren
8. ______ → the graphic novel

Practicar

3 **Completa el diálogo entre Manuel y Lara con las formas correctas del verbo elegir.** ▶ Resumen, p. 45

Lara: ¿Qué actividad extraescolar ______ tú este año?

Manuel: Este trimestre ______ (yo) el club de lectura porque me gusta mucho leer. Además, mi mejor amigo también ______ la lectura. Nos encanta hablar sobre los libros que leemos. Isabel y tú, ¿qué actividades ______ (vosotras)?

Lara: Nosotras ______ el club de escritura. Nos parece muy interesante.

Manuel: Ah, ¡qué bien! Lorenzo y Carla también ______ la escritura.

☆ **4** **Decide si los verbos gustar, encantar o interesar van en singular o en plural. Tacha la forma que no es correcta.**

1. –A ti te **gusta** • **gustan** las lenguas? –Sí, me **gusta** • **gustan** sobre todo el francés.
2. –A vosotros os **interesa** • **interesan** hacer deporte? –Sí, sobre todo nos **interesa** • **interesan** el balonmano y el baloncesto.
3. –A ellas les **encanta** • **encantan** las artes plásticas, ¿verdad? –No, a ellas no les **gusta** • **gustan**, prefieren la robótica.
4. –¿A vosotras os **gusta** • **gustan** la fotografía? –Sí, nos **encanta** • **encantan** la fotografía.
5. –A Mario y a Rosa les **interesa** • **interesan** el patinaje y les **encanta** • **encantan** trabajar en el huerto.

5 Ordena los elementos y escribe frases.

1. me • A mí • los perros • encantan → ____
2. el baloncesto • gusta • A Isabel • le → ____
3. ¿A vosotros • gustan • os • las manualidades? → ____
4. te • A ti • encanta • la clase de español → ____
5. las artes plásticas • interesan • A nosotras • nos → ____
6. A Malak y Nahuel • les • el baile • encanta → ____
7. le • no • los deportes • A Gustavo • interesan → ____
8. les • no • caminar • A mis padres • gusta → ____

RKLÄRFILM

6 ¿Qué dicen los chicos? Escribe lo que les interesa/gusta/encanta.

♥ = interesar
♥♥ = gustar
♥♥♥ = encantar

Ejemplo: Jorge ♥♥  ____

1. Maribel ♥♥  ____
2. Juan y Berta ♥♥  ____
3. Mateo ♥♥♥  ____
4. Luisa ♥♥♥  ____
5. Somos Fran y Susi, a nosotros ♥  ____
6. Jaime, a ti ♥ ..., ¿verdad?  ____
7. ¡Qué bien!, Olga y Daniela, a vosotras ♥♥♥ ...  ____
8. Y a ti, ¿qué te gusta? ¿qué te encanta? ¡Apúntalo y haz un dibujo!

A mí... ____

____

7 ERKLÄRFILM

¿Qué te parecen estas extraescolares y otras actividades? Escribe seis frases.

Ejemplo: Las extraescolares me parecen bastante divertidas.

las extraescolares			fácil
hacer los deberes			difícil
el inglés		un poco	importante
el fútbol	me parece/n	bastante	interesante
el español		muy	aburrido/-a
el baile			genial
las artes plásticas			bueno/-a
la programación			[...]

____

____

____

____

8 **Mira la parte izquierda de la tabla y completa la parte derecha.**

masculino		femenino	
todo el día	den ganzen Tag	______ la mañana	den ______ Morgen
todos los días	jeden Tag (= „alle Tage“)	______ mañanas	______ Morgen
todos los chicos	alle Jungs	______ chicas	______ Mädchen

★ **9 a** **¡Todo el día en la playa! Laura cuenta de sus vacaciones en España. Completa con todo/-a/s + artículo.**

1. En verano, pasamos ______ día en la playa donde ______ gente toma el sol.
2. Mi madre hace gimnasia en la playa ______ mañanas.
3. Y nosotros nadamos en el mar ______ días.
4. ______ niños hacen castillos en la playa.
5. Al mediodía, ______ amigos juegan al fútbol en la playa.
6. Mi padre lleva ______ comida porque ______ familia come en la playa.

9 b **Tu familia y tú, ¿qué hacéis en las vacaciones todo el día / toda la semana / todas las mañanas / todas las noches? ¿Y qué hacen tus amigos y amigas? Escribe por lo menos seis frases en tu cuaderno.**

Hablar

10 **Haced el juego de rol en las pp. 85/86.**

¿Cómo es tu rutina?

Comprender el texto

1 a **Apunta las expresiones del texto (p. 40 de tu libro) debajo de los dibujos correctos.**

desayunar en el autobús • quedarse en la cama • escuchar música • ducharse • prepararse bien • escribir mensajes • estudiar un poco cada día • desayunar con la familia • acostarse • estudiar el fin de semana antes del examen • chatear con la pandilla • hacer fichas • leer un poco • estudiar un día antes • hacer los deberes • ver unos episodios de mi serie favorita • despertarse temprano/tarde • vestirse (rápido) • no desayunar • salir a tiempo • llegar tarde/temprano al insti

por la mañana

antes de ir a dormir

estudiar para un examen

1 b **¿Y tú? ¿Cómo te preparas para el día en el insti? ¿Qué haces antes de dormir? ¿Cómo estudias para un examen? Escribe por lo menos dos frases para cada pregunta.**

Aprender mejor

2 **Apunta para cada palabra otra palabra de la misma familia que ya conoces.**
▶ Destrezas, p. 133/3

Du lernst neue Wörter besser, wenn du sie mit einem schon bekannten Wort aus derselben Wortfamilie in Verbindung bringst.

patinar – *el patinaje* ______

el estrés – ______

los apuntes – ______

el vestido – ______

el interés – ______

cenar – *la* ______

diario/-a – *el* ______

baile – ______

Practicar

☆ **3** **Completa el texto sobre la fiesta de quince de Mercedes con los pronombres reflexivos me/te/se/nos/os/se.**

ERKLÄRFILM

Hoy es la quinceañera[1] de mi hermana Mercedes. Todos nosotros ______ despertamos muy temprano, porque hay mucho que preparar. Mi hermana ______ despierta primero y ______ levanta rápido. Mis padres también ______ levantan para organizar todo. Todos ______ duchan. Solo yo ______ quedo un poco más en la cama.

Diez minutos más tarde, yo también ______ ducho. Mi hermana ______ pone un vestido muy bonito. Los amigos y la familia llegan y ______ sientan en el jardín[2] para ver el baile de mi hermana con mi padre. Después todos bailan y comen. Finalmente, después de un día muy largo, nosotros ______ preparamos para dormir. Todos ______ acostamos y ______ dormimos. Solo mi hermana no puede dormir______ y escribe mensajes con sus amigas casi toda la noche:

1 la quinceañera das Fest zum 15. Geburtstag eines Mädchens **2 el jardín** der Garten

Mercedes: Chicas, ¿ ______ acostáis ya? ¿______ dormís ya? Yo todavía no puedo dormir.

Paloma: ¡Qué guay tu fiesta! ¡Qué bonito vestido! Yo ya ______ estreso un poco con mi fiesta de quince en dos meses.

Silvia: ¡Yo tampoco ______ duermo! ¡Qué día más guay!

¡Acuérdate!

KLÄRFILM

4 Apunta las formas de **los verbos reflexivos** con diptongo.

despertarse e → ie		**sentarse** e → ie	
me despie___rto	nos despe___rtamos	me siento ___	___
te desp___rtas	os desp___rtáis	___	___
se desp___rta	se desp___rtan	___	___
acostarse o → ue		**dormirse** o → ue	
me acue___sto	nos aco___stamos	___	___
te ac___stas	os ac___stáis	___	___
se ac___sta	se ac___stan	___	___

Practicar

☆ **5** Haz el Sudoku del verbo **vestirse**. ¡Ojo con el cambio **e → i**!

te vistes	se visten	nos vestimos		os vestís	se viste
	se viste	os vestís		te vistes	
		se viste	nos vestimos	me visto	se visten
se visten	nos vestimos	me visto			te vistes
	os vestís		te vistes	nos vestimos	
nos vestimos			se viste		os vestís

☆ **6** ¿Qué hace Ismael antes y qué hace después? Mira el esquema y completa las frases. ▶ Gramática, p. 45

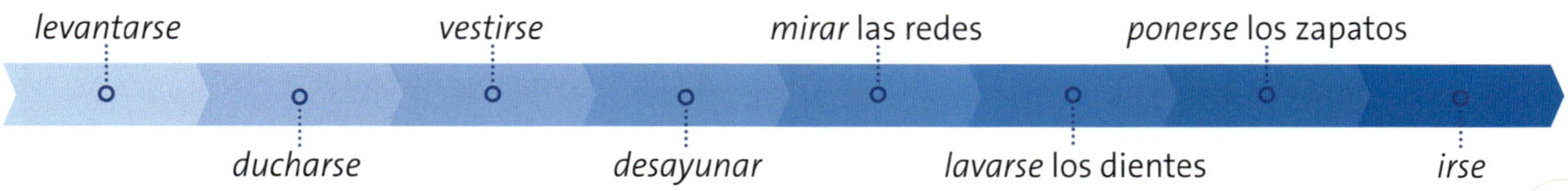

1. Después de levantarse, Ismael ___________.
2. ___________ ducharse, se viste.
3. Después de vestirse, ___________ en la cocina.
4. Antes de ___________ los dientes, ___________ las redes.
5. ___________ irse, ___________ los zapatos.

Die Struktur **antes de + infinitivo** bzw. **después de + infinitivo** gibt es so auf Deutsch nicht.
Antes de lavarse los dientes, Ismael mira las redes.
Bevor Ismael sich die Zähne putzt, schaut er ins Internet. / Vor dem Zähneputzen schaut er ins Internet.
Después de levantarse, Ismael se ducha
Nachdem Ismael aufgestanden ist, duscht er sich. / Nach dem Aufstehen duscht er sich.

★ **7** **Ismael cuenta de un día típico. Formula frases con antes de o después de + infinitivo.** ▶ Gramática, p. 45

1. 1° *desayunar* / 2° *pasear* y *sacar* fotos

   El sábado, después de desayunar, paseo y saco fotos en la ciudad.

   El sábado, antes de ________ en la ciudad, ________.

2. 1° *hacer* la compra / 2° *cocinar* con Amir

   Antes de ________.

   Después de ________.

3. 1° *comer* con la familia / 2° *leer* cómics

   ________.

   ________.

4. 1° *descansar* un poco / 2° *salir* con la pandilla

   ________.

   ________.

☆ **8** ERKLÄRFILM **Completa los diálogos con las formas correctas de los verbos reflexivos.**

1. En la cafetería del instituto

   Pau: ¿________ (*sentarse*/nosotros) en esta mesa?

   Álex: Sí, ________ (*sentarse*/yo) en la ventana. Y tú, ¿dónde ________ (*sentarse*/tú)?

   Pau: ________ (*sentarse*/yo) aquí a tu lado.

   Álex: Ah, hola, Lili, Ismael, ¿________ (*sentarse*/vosotros) con nosotros?

   Lili: Sí, pero, ¿dónde ________ (*sentarse*/ella) Nora? También viene.

2. Álex y Nora charlan en el recreo.

   Álex: Nora, ¿a qué hora ________ (*acostarse*/tú), normalmente?

   Nora: Amaia y yo ________ (*acostarse*/nosotras) a las diez y media. Ella ________ (*dormirse*/ella) rápido, pero yo siempre leo media hora y después ________ (*dormirse*/yo).

   Álex: Entiendo, y ¿cuándo ________ (*despertarse*/vosotras) a la mañana?

   Nora: Bueno, las dos ________ (*despertarse*/nosotras) a las siete y veinte.

9 RKLÄRFILM

Tu amigo Víctor te cuenta de su rutina. Completa con las formas correctas de los verbos reflexivos.
► Gramática, p. 45

Asunto: Saludos

Cada mañana, en mi familia *nos despertamos* (*despertarse*/nosotros) a las siete. Mi hermano Juan ______ (*levantarse*) primero. Yo ______ (*quedarse*) un poco en la cama y después ______ (*ducharse*/yo). Mi padre siempre ______ (*estresarse*). Mi madre y yo ______ (*vestirse*/nosotros) rápido. Todos ______ (*sentarse*/nosotros) juntos en la mesa para desayunar y ______ (*prepararse*/nosotros) para el día. Después, mis padres ______ (*irse*) a trabajar y yo ______ (*irse*) al insti. Por la noche, después de cenar, ______ (*acostarse*/nosotros) a las once. Mi hermano siempre ______ (*dormirse*) rápido, pero yo ______ (*dormirse*) más tarde.

Y tú y tu familia? ¿A qué hora ______ (*levantarse*/vosotros) por la mañana? ¿Cuándo ______ (*ducharse*/tú) y ______ (*vestirse*/tú)? ¿Desayunáis juntos? ¿A qué hora ______ (*acostarse*/vosotros)? Un abrazo, Víctor

Escribir

10 **Contesta el e-mail de Víctor (ejercicio 9). Escribe por lo menos seis frases.**

Asunto: Saludos

______
______
______
______
______
______

Hablar

11 **Haced el tándem en la p. 80.**

Escuchar

12 a (10) **Escucha: ¿Qué hace Violeta a qué hora? Marca la actividad correcta.** ▶ Destrezas, p. 137/20

	a.	b.	c.
1. A las 7:30 Violeta	☐ se despierta.	☐ se levanta.	☐ escucha música.
2. A las 8:00	☐ se viste.	☐ desayuna.	☐ se ducha.
3. A las 8:15	☐ se estresa.	☐ lee mensajes.	☐ mira las redes sociales.
4. A las 8:50	☐ desayuna.	☐ sale de casa.	☐ habla con su madre.
5. A las 21:30	☐ ve la tele.	☐ lee un libro.	☐ escribe mensajes.
6. A las 23:15	☐ se duerme.	☐ ve la tele.	☐ llama a una amiga.

12 b (10) **Vuelve a escuchar y apunta ahora la rutina de la chica por la mañana y por la noche con la hora exacta.**

1. A las siete y media de la mañana, Violeta se despierta.

____

____

____

____

____

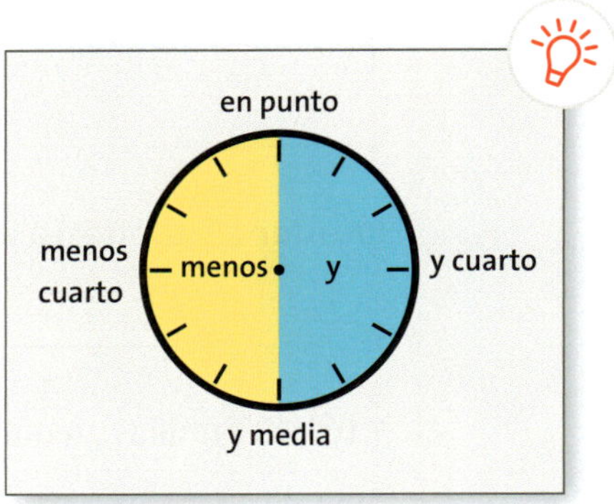

13 (11) ★ **¿Qué hace Martín, el hermano de Nora, a qué hora? Escucha y apúntalo en la tabla.** ▶ Destrezas, p. 137/21

¿A qué hora?	¿Qué hace Martín?
A las *siete y media*	________
Después se ducha rápidamente	y ________
A las ________	va a la universidad en autobús.
Desde las nueve hasta ________	tiene clase.
A las ________	come con sus compañeros de clase.
Después	________ en la biblioteca.
A las ________	juega al baloncesto con ________
A las ________	vuelve a casa en autobús.
A las ________	________ con sus compañeros de piso.
Después de cenar	ellos ven una película ________
A las doce y media	________

Mediación

14 a **Wie sieht der Alltag in einem Sportinternat aus? Lies dir diesen Artikel von Daniela über das Leben in einem Fußballinternat durch, den du im Internet gefunden hast.**

COLEGIO DEPOR

¿QUIÉNES SOMOS? | DEPORTES | PROFESORES | ACTUALIDAD | BLOG

El despertador suena todos los días a las seis y media. Nos levantamos rápido, nos vestimos con nuestra ropa de deporte, nos lavamos la cara y vamos a la cafetería para desayunar. ¡Tenemos una gran variedad de comidas y bebidas! Después, nos lavamos los dientes y ya empieza el primer entrenamiento. El entrenamiento es de una hora, de las siete y media hasta las ocho y media. Después nos duchamos y nos vestimos para el insti.

A las ocho y media tomamos el autobús que nos lleva al instituto. Tenemos las mismas asignaturas que en otros institutos, pero aquí todos somos deportistas. Las clases son de nueve de la mañana a las cinco de la tarde. De las dos a las tres tenemos tiempo para comer y para descansar.
A las cinco empieza el segundo entrenamiento. Aquí practicamos jugadas, pases y nuevas estrategias. Es genial porque tenemos el mismo material que los profesionales.
Dos horas más tarde, a las siete, tenemos una hora para hacer los deberes, repasar las clases y estudiar para los exámenes.
De ocho a nueve a veces tenemos charlas con otros deportistas, otros entrenadores u otros jugadores. Son charlas que nos motivan y que nos muestran que el deporte es una filosofía de vivir.

Después de cenar tenemos tiempo libre. A mí me gusta charlar con amigas, hablar por teléfono con mis padres o estar en las redes sociales. Luego, a las diez y media, ya nos vamos a dormir.

14 b **Dein Freund Jan ist fußballbegeistert. Deshalb interessiert er sich für Fußballinternate in Spanien. Lies seine Fragen, unterstreiche dann in Danielas Bericht die Stellen, an denen du die passende Information findest, und beantworte anschließend Jans Fragen.**

1. Was machen sie morgens? ______________________________

____

2. Trainieren die Jugendlichen denn den ganzen Tag? ______________________________

____

3. Was machen sie abends? ______________________________

____

____

4. Und wann müssen sie ins Bett? ______________________________

2 Para profundizar

facultativo

1 ¡A jugar! Jugad a adivinar actividades.

- Formad dos equipos, **A** y **B**, de dos, tres o más personas cada uno.
- Una persona del equipo **A** apunta una actividad (una extraescolar o una actividad de tiempo libre) en un papelito y lo pone dado vuelta en la mesa. Luego esta persona representa en pantomima esa actividad. Los otros miembros del equipo tienen 20 o 30 segundos para adivinar la actividad y nombrarla en español. El equipo **B** toma el tiempo. Si el equipo **A** advina la actividad, tiene un punto.
- Luego le toca al equipo **B**: hace exactamente lo mismo que antes el equipo **A**.
- Después de seis, ocho, diez, etc. rondas, contáis los puntos. Gana el equipo con más puntos.
- Variante 1: En lugar de representar en pantomima la actividad, la dibujáis, sin hablar, ¡claro!
- Variante 2: Cuando se acaba el tiempo para el propio equipo, el otro equipo también puede adivinar y ganar un punto.

- Bildet zwei Teams, **A** und **B**, von jeweils zwei, drei oder mehr Personen.
- Eine Person aus Team **A** schreibt eine Aktivität (eine Schul-AG oder eine Freizeitaktivität) auf einen Zettel und legt ihn umgedreht auf den Tisch. Dann stellt sie diese Aktivität pantomimisch dar. Die anderen Team-Mitglieder müssen die Aktivität in 20 oder 30 Sekunden erraten und sie auf Spanisch nennen. Team **B** stoppt die Zeit. Errät das Team die Aktivität, erhält es einen Punkt.
- Dann ist Team **B** an der Reihe und geht genauso vor wie Team **A**.
- Nachdem beide Teams gleich oft an die Reihe gekommen ist, werden die Punkte gezählt. Das Team mit den meisten Punkten gewinnt.
- Variante 1: Statt die Aktivität pantomimisch darzustellen, zeichnet ihr sie auf – natürlich auch ohne zu sprechen.
- Variante 2: Wenn die Zeit für das eigene Team abgelaufen ist, kann auch das andere Team mitraten und einen Punkt erhalten.

2 ¡A jugar! Haced el juego de «Serpientes y Escaleras» de la rutina de cada día.

- Este juego es para dos o más jugadores. Necesitáis el tablero, un dado y fichas de colores.
- Cada persona elige una ficha y la coloca en el número 1 del tablero.
- Por turnos, cada persona tira el dado y avanza con su ficha tantas casillas como indica el dado.
- Después, debe formar una frase con el verbo de la casilla y según el número que aparece en el dado (1 = yo, 2 = tú, 3 = él/ella, 4 = nosotros/-as, 5 = vosotros/-as, 6 = ellos/ellas). Hay que conjugar el verbo y formar una frase.
- Si alguien no sabe conjugar el verbo, debe regresar a la casilla anterior. (Las soluciones están en la página 95.)
- Si tu ficha cae al pie de una escalera –¡Qué suerte!–, puedes subir hasta arriba de la escalera –después de formar una frase con el verbo al pie de la escalera, claro– y conjugar también el verbo de allí.
- Si tu ficha cae en la cola de una serpiente –¡Oh, no!–, tienes que bajar hasta la cabeza de la serpiente y formar una frase con el verbo de esa casilla.
- La primera persona que llega a la última casilla del tablero gana el juego.
- Regla especial: Si al final te sale un número más alto del que necesitas para llegar a la última casilla, debes seguir jugando hasta sacar el número exacto.

- Es können zwei oder mehr Personen spielen. Ihr braucht das Spielbrett, einen Würfel und farbige Spielsteine.
- Jede Person wählt eine Figur und setzt sie auf die Nummer 1 auf dem Spielbrett.
- Reihum würfelt jede Person und zieht die eigene Figur um die gewürfelte Anzahl von Feldern vorwärts.
- Auf dem Feld muss ein Satz mit dem Verb entsprechend der gewürfelten Zahl gebildet werden (1 = yo, 2 = tú, 3 = él/ella, 4 = nosotros/-as, 5 = vosotros/-as, 6 = ellos/-as). Ihr konjugiert also das Verb und bildet einen Satz.
- Wer nicht weiß, wie das Verb konjugiert wird, muss zum vorherigen Feld zurückgehen. (Die Lösungen findet ihr auf S. 95.)
- Wenn dein Spielstein unten auf einer Leiter landet – Glück gehabt! –, bildest du einen Satz mit dem Verb im Feld unten, kletterst dann auf die Spitze der Leiter und konjugierst dort auch das Verb!
- Landet der Stein auf dem Schwanz einer Schlange – so ein Pech! –, musst du zum Kopf der Schlange hinuntergehen und mit dem Verb dort einen Satz bilden.
- Wer zuerst das letzte Feld auf dem Brett erreicht, gewinnt das Spiel.
- Sonderregel: Wenn du eine höhere Zahl hast, als du brauchst, um das letzte Feld zu erreichen, musst du so viele Runden abwarten wie nötig, um die genaue Zahl zu würfeln.

33 *ver* mi serie favorita	**34** *mirar* las redes	**35** *lavarse*	**36** *lavarse* los dientes	**37** *acostarse*	**38** *leer* un libro	**39** *dormirse*	**FINAL**
32	**31** *cenar*	**30** *ver* los apuntes de [...]	**29** *hacer* una pausa	**28** *prepararse* bien para el examen de [...]	**27**	**26** *organizarse*	**25** *estresarse* un poco
17 *volver* a casa tarde/temprano	**18** *picotear*	**19** *ponerse* pantalones de chándal	**20**	**21** *chatear* con los amigos	**22** *leer* un cómic	**23** *pasear* al perro	**24** *jugar* al fútbol
16	**15** *comer* en la cafetería	**14** *sentarse* en la cafetería	**13** *llegar* tarde al insti	**12** *salir* a tiempo	**11**	**10** *lavarse* los dientes	**9** *desayunar*
1	**2** *despertarse*	**3** *levantarse*	**4** *ducharse*	**5** *vestirse*	**6** *ponerse* vaqueros	**7** *ponerse* una camiseta	**8** *ponerse* un jersey

facultativo

1 a **Ayuda a estas cinco personas (p. 35) a elegir actividades extraescolares. Lee la oferta de actividades y la descripción de las personas. | Hilf diesen fünf Personen (S. 35), passende AGs zu finden. Lies das Angebot an AGs und die Charakterisierungen.** ▶ Destrezas, p. 138/27

> Willst du beim Lesen nur bestimmte Informationen herauslesen, spricht man von Selektivverstehen.
> Du achtest also beim Lesen nur auf jene Informationen, die für dich gerade wichtig sind. Lies dir dazu die Aufgabenstellung genau durch.
> Lies dann die Texte und unterstreiche Schlüsselwörter, die dir bei der Zuordnung helfen. Du musst nicht jedes Wort verstehen. Es reicht, wenn du die Informationen herausfilterst, die dir bei der Erfüllung der Aufgabe helfen.

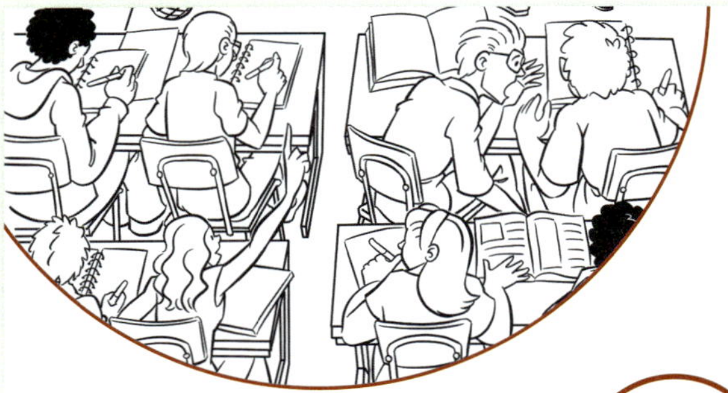

Y DESPUÉS... FÚTBOL PARA CHICAS

Lunes y miércoles: 16:00 – 17:30
¡Únete a nuestro equipo de fútbol y disfruta del deporte más popular del mundo! Entrenamos técnicas y trabajamos en equipo. Ideal para chicas de 12 a 15 años. ¡Ven a jugar con nosotras!

CLUB DE ARTES PLÁSTICAS

Martes: 15:30 – 17:00
¿Te encantan el dibujo y la pintura? ¡Este es tu lugar! En el Club de Artes Plásticas, aprendes diferentes técnicas artísticas, desde acuarela hasta escultura. Todos los niveles, desde principiantes hasta avanzados.

TALLER DE TEATRO

Jueves: 16:00 – 18:00
¿Te gusta hacer teatro? En nuestro taller desarrollas tus habilidades de actuación, mejoras tu expresión corporal y aumentas tu confianza. Para todas las edades. ¡Prepárate para salir al escenario!

TALLER DE ROBÓTICA

Viernes: 15:00 – 17:00
Si te interesa la tecnología, ¡este taller es para ti! Aprende a programar robots utilizando software moderno. Trabaja en equipo y compite en torneos. ¡Explora el futuro con la robótica!

CLUB DE ESCRITURA CREATIVA

Lunes: 16:30 – 18:00
¿Te encanta escribir historias o poemas? En el Club de Escritura Creativa, escribes y compartes tus textos con otros jóvenes escritores. Mejora tu estilo y aprende nuevas técnicas de escritura.

BANDA ESCOLAR

Miércoles: 17:00 – 18:30
Aprende a tocar un instrumento como la guitarra, el piano, o la batería. ¿Ya sabes tocar? ¡Perfecto! ¿Quieres empezar desde cero? ¡Genial!, te ayudamos. ¡Haz música en grupo y participa en conciertos!

ATLETISMO

Martes y jueves: 17:00 – 18:30
Ven y te entrenamos para carreras, saltos y lanzamientos. Principiante o avanzado, nuestro equipo te ayuda a triunfar. ¡Participa en competiciones y supera tus propios récords!

TALLER DE FOTOGRAFÍA

Miércoles: 16:00 – 17:30
Descubre la fotografía con nuestro taller. Aprende diferentes técnicas. No necesitas una cámara profesional, ¡solo tu pasión para contar historias a través de las imágenes!

HUERTO ESCOLAR

Sábado: 10:00 – 12:00
Aprende a cultivar frutas y verduras. ¿Conoces la importancia de una alimentación saludable? ¡Esta es la actividad perfecta si quieres hacer algo por el medio ambiente!

facultativo

1 b Elige dos o tres actividades extraescolares para cada persona. Justifica tu elección. | Wähle für jede Person zwei bis drei passende AGs aus. Begründe deine Auswahl.

1. Clara es una chica tranquila, pero muy creativa. Le encanta escribir historias y dibujar. También le interesa el medio ambiente.

Actividades: ______

Justificación: *Clara es muy creativa. Le encanta escribir y dibujar, por eso* ______

______

2. Alejandro es un chico muy activo y deportista. Le encanta el fútbol. Además, le interesan la tecnología y los videojuegos.

Actividades: ______

Justificación: ______

______

3. A Sofía le gustan mucho la música y el teatro. Es activa y creativa, pero no muy deportista. Le gusta sacar fotos.

Actividades: ______

Justificación: ______

______

4. A Marcos le encanta aprender cosas nuevas. Le gusta trabajar con las manos. Además, el medio ambiente y la tecnología le interesan mucho.

Actividades: ______

Justificación: ______

______

5. Paloma es una chica muy simpática. Le encanta estar con gente y participar en actividades en grupos. Además, es muy creativa, pero no le gusta escribir.

Actividades: ______

Justificación: ______

______

APP ▶ Soluciones

1 Mi página

facultativo

Mi rutina de cada día

A las ______________, me despierto y a las ______________, me levanto.

A las ____

____

____

____

____

____

____

Estas cosas y actividades me gustan

Me interesa ____

____

____

Me gusta ____

____

____

Me encanta ____

____

____

Me parece genial ____

____

Y esto no me gusta

No me interesa ____

No me gusta ____

____

Me parece aburrido ____

____

Gramática

1 **Subraya las formas correctas de todo/-a/s + artículo.**

1. **Todo el / Toda la / Todas las** mañanas desayuno rápido.
2. **Todos los / Todas las / Todo el** alumnos de mi clase juegan al futbol.
3. **Todas las / Todo el / Todos los** días como un bocadillo en la cafetería.
4. **Todos los / Toda la / Todo el** semana hace buen tiempo.

2 **Completa con las formas correctas de los verbos elegir y vestirse.**

	elegir	vestirse
[yo]	____________	____________
[tú]	____________	____________
[él/ella]	____________	____________
[nosotros/-as]	____________	____________
[vosotros/-as]	____________	____________
[ellos/ellas]	____________	____________

3 **¿Qué les interesa/encanta/parece genial? Escribe frases como en el ejemplo.**

1. las manualidades ♥: A mí ____________________
2. las Artes Plásticas ♥♥: A ti ____________________
3. el baile ♥♥♥: A Lili ____________________
4. el baloncesto ♥♥: A nosotras ____________________
5. la robótica ♥♥♥: A vosotros ____________________
6. el coro ♥: A Pau y a Álex ____________________

♥ = interesar
♥♥ = encantar
♥♥♥ = parecer genial/es

4 **Completa con la forma correcta de los verbos reflexivos.**

1. Nosotros ____________________ (*acostarse*) tarde durante las vacaciones.
2. Tú ____________________ (*estresarse*) cuando tienes un examen, ¿verdad?
3. Mis abuelos ____________________ (*dormirse*) temprano los fines de semana.
4. Yo ____________________ (*prepararse*) para ir al instituto.
5. Lili ____________________ (*despertarse*) a las seis de la mañana todos los días.
6. Vosotras ____________________ (*sentarse*) en el sofá para charlar.

10 curiosidades sobre España

Comprender el texto

1 **Lee los textos en la p. 50 de tu libro y corrige los errores subrayados en las frases.**

1. España tiene casi ochocientos kilómetros de costa.

   España tiene casi ______________________________

2. El Teide es la montaña más alta de Europa. Está en los Pirineos. Es un volcán.

   ____

   ____

3. Con 70 km, el Ebro es el río más corto de España.

   ____

4. El restaurante más antiguo de España está en Barcelona.

   ____

5. España es uno de los países más turísticos de Europa, con más de ocho millones de turistas al mes.

   ____

   ____

6. Con doscientos visitantes al año, la Alhambra de Sevilla es una de las mayores atracciones turísticas de Andalucía.

   ____

   ____

7. Las ciudades españolas Ceuta y Melilla están en una isla.

   ____

8. Córdoba es el lugar más frío de España: menos de 20 grados en julio y agosto.

   ____

9. En España hay solo un volcán: la montaña de Tabernas en Galicia.

   ____

   ____

10. En la Isla de Lobos solo puedes ir en tren.

    ____

2 Mira las imágenes y escribe frases con **el superlativo**. ▶ Gramática, p. 65

> Den Superlativ bildest du mit dem bestimmten Artikel + **más** und der passenden Form des Adjektivs: **el [libro] más divertido**
> Die Adjektive **bueno/-a** und **malo/-a** haben unregelmäßige Superlative: **bueno/-a → el/la mejor** **malo/-a → el/la peor**

1.

largo/-a • corto/-a

El Ebro es el río ______________________________

El Asón ______________________________

____

2.

A 

B 

C 

antiguo/-a • moderno/-a

____

____

____

3.

bajo/-a • alto/-a

____

____

____

4.

bueno/-a ❗ • malo/-a ❗

Paco tiene ______________________________

____

____

3 **Mira las imágenes y escribe los substantivos en plural y los números en palabras.** ▶ Los números, p. 147

el árbol • el clip[1] • el lápiz • la golosina • el turista • el coche • el libro • la pelota • el paraguas[2]

1 **el clip** die Büroklammer 2 **el paraguas** der Regenschirm

más de ______

más de ______

más de ______

Escuchar

Lies dir vor dem Hören die Sätze mit den jeweils vier Möglichkeiten durch. Sprich die Zahlen schon einmal laut für dich selbst und bereite dich so auf das Hören vor. Du kannst die Aufnahme nach jedem Satz anhalten, um genug Zeit für deine Antwort zu haben.

12

4 **¡Cuántos números! Escucha las seis frases y marca el número correcto.** ▶ Destrezas, p. 137/21

1. Hay más de ☐ 50 ☐ 500 ☐ 555 ☐ 1555 personas en el cine esta noche.
2. El río Júcar tiene ☐ 850 ☐ 518 ☐ 580 ☐ 508 kilómetros de largo.
3. Hay ☐ 87 ☐ 868 ☐ 800 ☐ 878 alumnos en este colegio.
4. El cumpleaños de Lamine Yamal es el ☐ 13 ☐ 3 ☐ 30 ☐ 15 de julio de 2007.
5. En este pueblo viven ☐ 657 ☐ 565 ☐ 656 ☐ 606 habitantes.
6. Mallorca está a unos ☐ 77 ☐ 17 ☐ 170 ☐ 700 kilómetros de la Península Ibérica.

Escribir

La Porta Nigra en Tréveris

5 a Escribe frases sobre curiosidades de Alemania.

1. la ciudad • ⊞ grande • Alemania • Berlín

   Berlín es la ciudad

2. la ciudad • ⊞ antigua • Tréveris (Trier)

3. la ciudad • ⊞ pequeña • Arnis (Schleswig-Holstein)

4. el río • ⊞ largo • Alemania • el Rin

5. la montaña • ⊞ alta • Alemania • Zugspitze

5 b Escribe cinco frases más sobre las curiosidades de tu ciudad o tu país.

la ciudad • la isla • el club de fútbol • la costa • la montaña • el teatro • el parque de atracciones • el museo • el río • la comida • [...]

largo-/a • corto/-a • grande • pequeño/-a • antiguo/-a • moderno/-a • nuevo/-a • bueno/-a ! • interesante • [...]

Hablar

6 A explica una de estas palabras a B sin decirla. B la adivina. Intercambiad los papeles.

el río • el turista • la ciudad • la isla • el desierto • el volcán • el bosque • [...]

Es un lugar donde hay / donde puedes...

Es una cosa que...

Es algo con que puedes...

Es una persona que...

Es un lugar donde hace mucho calor y donde no hay agua.

Es «el desierto».

7 Haced el tándem en la p. 81.

El paisaje de mi región

1 a Lee las descripciones y subraya las palabras clave[1].

el mar • la montaña • el cielo • el horizonte • el campo • la roca • el bosque • la playa • el árbol • la nube • la ola • el edificio • el pueblo • la ciudad • la casa • la iglesia • la torre • el castillo • el faro

1 **la palabra clave** das Schlüsselwort

1
En el primer plano hay una escalera[1] que va a una playa muy bonita. En la playa no veo gente. Hay olas en el mar. Al fondo está el horizonte, entre el mar y el cielo. El mar es verde y el cielo azul. En el cielo no hay nubes.

2
En esta foto hay muchas montañas, con rocas y bosques. En el primer plano también hay árboles. En el cielo hay muchas nubes. Al fondo, a la izquierda, hay más montañas. Es un paisaje muy verde.

3
En esta foto vemos un pueblo en la costa. En el primer plano está la playa y, a la derecha, hay un faro pequeño. A la izquierda y en el centro vemos las casas del pueblo. Al fondo hay una montaña muy alta. Sobre la montaña está el cielo con nubes.

4
Esta es la foto de un pueblo. Hay muchas casas típicas que son blancas. Al fondo, a la derecha, hay un castillo sobre una roca. A la izquierda vemos una iglesia muy grande con dos torres. El cielo es azul con pocas nubes.

5
La foto muestra un paisaje. En el primer plano hay campos con árboles. En el centro hay una montaña con bosque y un castillo. Al fondo hay montañas muy altas y, detrás, el cielo sin nubes.

6
Vemos una ciudad. Es en la tarde o cuando empieza la noche. En el primer plano está el mar, con barcos[2]. Al fondo está el cielo. La ciudad tiene muchos edificios: blancos, rojos y de otros colores. Hay una iglesia en una montaña.

1 **la escalera** die Treppe 2 **el barco** das Boot

1 b Busca una foto para cada texto del ejercicio 1a. Las palabras subrayadas te ayudan.

2 Haz el crucigrama y encuentra más palabras para hablar de ciudades y paisajes.

Vertical
1. ¡Bienvenidos a mi [...]!
2. Mallorca es una [...] bastante grande.
3. El Retiro en Madrid es un [...] muy conocido.
4. Muchas iglesias tienen una [...] muy alta.
5. En un [...] hay muchos árboles.
6. Entre los pueblos siempre hay [...].
7. Un [...] tiene mucha agua.
8. La «línea» entre el cielo y la tierra[1] es el [...]

Horizontal

9. Barcelona es una [...] muy grande.
10. En España hay muchos [...] antiguos.
11. Cuando hace calor, tomo el [...] en la playa.
12. El Ebro es un [...] importante de España.
13. En mi [...] hay tiendas, una plaza y un parque.
14. Un [...] es como una ciudad, pero con pocas casas.
15. El [...] tiene mucha agua con sal[2].
16. Cuando hace buen tiempo, el [...] es azul.

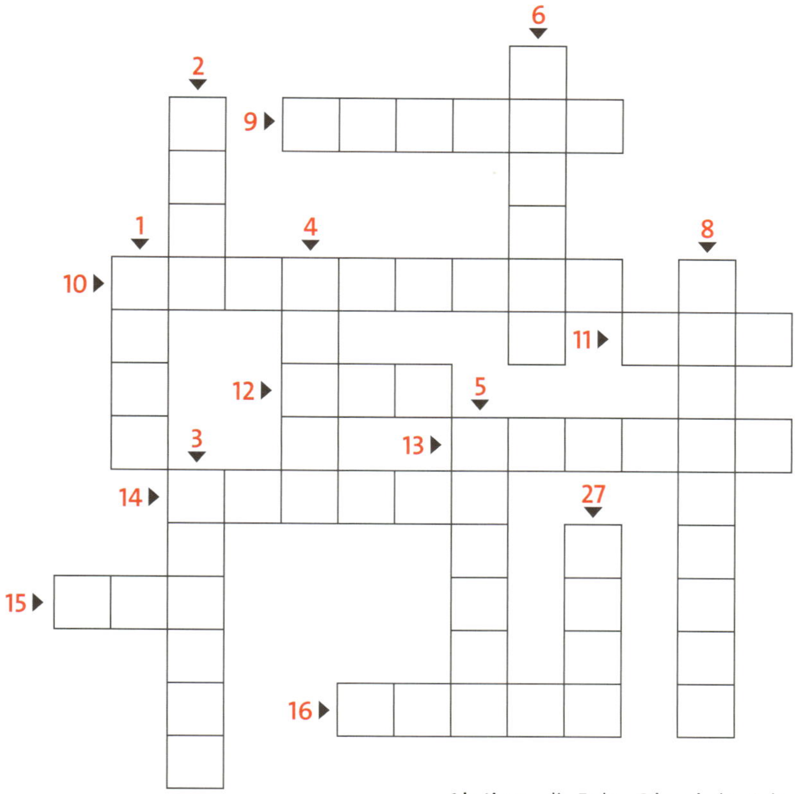

1 la tierra die Erde **2 la sal** das Salz

3 Escribe las palabras para describir una foto en las líneas correspondientes en la foto.

en el primer plano • al fondo • en el centro • a la derecha • a la izquierda

el mar • las montañas • el cielo • la iglesia • el pueblo • el castillo • el barco[1] • el puente[2]

1 el barco das Boot **2 el puente** die Brücke

4 **Después de un día en la playa, Lara y Luis vuelven a casa. Completa la historia con estas palabras.**

cielo • pueblo • lago • ciudad • nubes • sol • iglesia • playa • campos • rocas • río • montaña • bosque

Para volver de la ________________ Lara y Luis tienen que ir por unas ________________. Después pasean entre ________________ y luego llegan a un ________________. Después del río hay un ________________ con un ________________. Lara y Luis llegan a su ________________ con la ________________. Al fondo, a la derecha, pueden ver una ________________. Y al fondo, a la izquierda, está la ________________. Al fondo está el ________________ con las ________________ y el ________________.

5 **Describe la foto de un paisaje en Galicia. Utiliza estos elementos.**

En el primer plano hay... • A la derecha de la casa hay... • Cerca de la casa hay... • En el centro de la foto vemos... • Al fondo podemos ver... • [...]

En esta foto vemos un paisaje. En el primer plano ________________

____

____

____

____

____

____

____

____

____

____

Cinco motivos para amar Galicia

Comprender el texto

1 **Vuelve a leer el texto en el libro (p. 56) y completa las frases con la información que falta.**

1. La capital de Galicia se llama ____________________
2. Una persona que hace el Camino de Santiago es ____________________
3. No necesitas mucho dinero para comer en ____________________
4. La comida más típica de Galicia es ____________________
5. En la música y en las tradiciones está muy presente ____________________
6. Un instrumento para hacer música tradicional gallega es ____________________
7. De Santiago, la playa de Compostela está a 20 minutos ____________________
8. En esta playa puedes tomar el sol o hacer ____________________
9. Donde puedes hacer surf y sacar muchas fotos es en ____________________
10. Es mejor llevar siempre un paraguas porque para el tiempo en Galicia es típica ____________________

Vocabulario

2 **En este folleto turístico sobre Santiago, algunas palabras no están escritas correctamente. ¡Corrígelas!**

¿Por qué vas a amar Galicia? ¡Hay muchos **osmovti** *motivos* ________! En Santiago, la capital **fasamo** ____________, puedes **nococer** ____________ la **urlacut** ____________ gallega: la **sicamú** ____________, el **etra** ____________, la **midaco** ____________ y las **nestraciodi** ____________. En un **rab** ____________ del centro **ricotóhis** ____________ de Santiago tienes que **ridep** ____________ **dapaemna** ____________, ¡es típica de Galicia! Vas a escuchar la música **ditraonalci** ____________ de la **atiga** ____________. También hay que salir de la ciudad: el **ajepisa** ____________ es casi **gimocá** ____________. Y quizás vas a amar también la **viallu** ____________ porque tienes un **aspagura** ____________ ¿verdad?

3 **Hamburgo prepara un folleto para turistas españoles. Completa el texto con las palabras españolas.**

Hamburgo, ¡una ______________________ (*internationale Stadt*) con mucha ______________________ (*Kultur*), ______________________ (*Kunst*) y ______________________ (*Tradition*)!

Ven a ______________________ (*kennen(lernen)*) el ______________________ (*historisches Zentrum*) con su ______________________ (*berühmte Kirche*), el «Michel». Tienes que ir al puerto[1]. Allí puedes probar la ______________________ (*typisches Essen*), el «Fischbrötchen». Es muy bueno y no es ______________________ (*teuer*).

La ______________________ (*Küste*) tampoco está lejos.

Bueno, la ______________________ (*der Regen*) también es típica de Hamburgo, pero, ¡para esto hay ______________________ (*Regenschirme*)!

[1] **el puerto** der Hafen

Practicar

4 a **Completa la tabla con las formas de los verbos concocer y pedir.** ▶ Los verbos, p. 151/3.2, 152/3.4

	conocer c → zc	**pedir e → i**
[yo]	cono*zco* ______ !	p*i*___do
[tú]	conoc______	p___des
[él/ella]	conoc______	p___de
[nosotros/-as]	conoc______	p___dimos
[vosotros/-as]	conoc______	p___dís
[ellos/ellas]	conoc______	p___den

Bei den Verben vom Typ **conocer** ist nur die 1. Person unregelmäßig: **yo conozco**.

4 b **Carla y Sara, de Madrid, visitan a sus primos Daniel y Diego en Santiago. Completa el diálogo con las formas correctas de conocer y pedir.**

Carla: Tengo mucha hambre… chicos, ¿ ______________ (*conocer*/vosotros) un lugar para comer aquí cerca?

Diego: Oh, esta es una pregunta para Daniel. Él ______________ (*conocer*/él) muchos bares en Santiago.

Daniel: Claro, ______________ (*conocer*/yo) un bar típico muy cerca de aquí.

Sara: Entonces vamos allí. ¡Quiero ______________ (*conocer*/infinitivo) la comida gallega!

Los chicos van al bar y se sientan en una mesa.

Diego: Bueno, Sara, tú, ¿qué ____________ (*pedir*/tú)?

Sara: No sé... es que todavía no ____________ (*conocer*/yo) la comida gallega.

Diego, ¿tú ____________ (*conocer*/tú) el pulpo a la gallega?

Diego: Sí, pero yo no voy a ________________ (*pedir*/infinitivo) pulpo porque

no me gusta. ¿Qué tal con una empanada?

Sara: Carla, tú ya ________________ (*conocer*/tú) la empanada, ¿verdad?

Carla: Sí, claro. ¡Me encanta! Yo ____________ (*pedir*) empanada. ¿Qué

____________ (*pedir*) vosotros?

Diego: Empanada también, claro. Pero también ________________ (*pedir*/

nosotros) pimientos de Padrón[1], ¿vale?

Carla: No sé, Sara y yo no ________________ (*conocer*/nosotras) este plato.

Daniel: Ah, ¿no lo ________________ (*conocer*/vosotras)? Son buenísimos, vais a ver.

Al final, los chicos ____________ (*pedir*/ellos) empanada para todos, y Daniel también ____________

(*pedir*/él) pimientos.

1 **los pimientos de Padrón** gegrillte grüne Paprikaschoten

5 **Ismael y Lili comentan lo que ven en Galicia. Completa lo que dicen los jóvenes con el superlativo absoluto como en el ejemplo.** ▶ Gramática, p. 65

Ejemplo: **Ismael:** ¡Uf!, este pueblo es muy aburrido **Lili:** Sí, ¡es aburridísimo!

1. **Ismael:** La empanada gallega es muy ________________ (bueno/-a), ¿verdad?

   Lili: ¡Oh sí, es ________________!

2. **Lili:** El camino de hoy es bastante ________________ (largo/-a).

   Ismael: ¿Bastante? ¡Es ________________!

3. **Ismael:** ¡Qué guay!, estos árboles son muy ________________ (alto/-a).

   Lili: Sí, son ________________.

4. **Ismael:** Las preguntas de la yincana son muy ________________ (difícil).

   Lili: Es verdad, son ________________.

5. **Lili:** ¡Qué rollo!, la lluvia es bastante ________________ (pesado/-a).

   Ismael: Sí, es ________________.

6 ERKLÄRFILM

Nuno vive en Cedeira, un pueblo en la costa gallega. Presenta sus lugares favoritos a un grupo de amigos. Completa con el superlativo. ► Gramática, p. 65

Mirad, chicos, aquí estamos en la parte _____ (+ antiguo/-a) de mi pueblo.

Al fondo veis la Iglesia de Santa Maria do Mar, con la torre _____ (+ alto/-a) del pueblo.

Bueno, aquí están los lugares _____ (+ turístico/-a), pero para mí es el lugar _____ (– interesante) del pueblo. Para mí, los lugares _____ (+ bonito/-a) son la Plaza Roxa y la playa. En la plaza están los _____ (+ bueno/-a) bares, con las empanadas _____ (– caro/-a).

Y la playa de la Magdalena es la _____ (+ bueno/-a) playa del pueblo. Allí podéis pasar las tardes _____ (+ divertido/-a) con vuestra pandilla. Para mí es el lugar _____ (+ bonito/-a) de Cedeira.

7 a ERKLÄRFILM

Completa las frases con el comparativo: más... que, menos... que o tan... como.

1

Clara es *tan rápida* _____ (= rápido/-a) Soraya, pero es _____ (– rápido/-a) Nuria.

2

Manolo y Sergio son _____ (= alto/-a) Olga, pero _____ (– alto/-a) Juana.

3

El tiempo de hoy es _____ (+ bueno/-a) el tiempo de ayer, pero es _____ (– bueno/-a) el tiempo de mañana.

4

Las mochilas de Raúl y Rosa son _____ (+ pesado/-a) la mochila de Laura, pero son _____ (– pesado/-a) la mochila de Roberto.

7 b Mira otra vez los dibujos del ejercicio **7a** y escribe frases con **el superlativo**.

ERKLÄRFILM

1. *Nuria es la* ____________
2. ____________
3. ____________
4. ____________

★ 8 Lee primero las respuestas a la derecha. Luego forma las preguntas correctas para esas respuestas.

¿Para	quién	es el libro?	–A Galicia.
¿De	qué	región vais en las vacaciones?	–Para ir a casa de Mateo.
¿A	quiénes	visitáis el domingo?	–De Ana.
¿A	qué	necesitas la bicicleta?	–A nuestros tíos.

–¿Para qué necesitas ____________

–¿De quién ____________

____

____

Escuchar

9 a Emilio está pasando las vacaciones con su madre y su hermana Tina en Galicia. Escucha una vez y apunta dónde están en cada una de las cuatro escenas. ▶ Destrezas, p. 137/20

13 ☆

1. *Están* ____________
2. ____________
3. ____________
4. ____________

9 b Vuelve a escuchar y apunta lo que quiere hacer Emilio en cada lugar. ▶ Destrezas, p. 137/21

13 ☆

visitar una iglesia | tomar el sol y leer | pedir pulpo para comer | ir a la izquierda

1. ____________
2. ____________
3. ____________
4. ____________

9 c Escucha una tercera vez y apunta lo que hace Tina en cada lugar. ▶ Destrezas, p. 137/21

13 ★

1. ____________
2. ____________
3. ____________
4. ____________

Hablar

10 Haced el juego de rol en las páginas 85/86.

El misterio en el Camino de Santiago

Comprender el texto

1 a **Vuelve a leer «El misterio en el Camino de Santiago» (libro, p. 60). Relaciona las preguntas de Lili con las expresiones correspondientes.**

1. «¿Caminar cinco días solo con mamá y papá?»
5. «¿Ismael puede ir con nosotros?»
6. «¿Cuáles son los acertijos de hoy?»
7. «¿Un día con Ismael, con música y con este paisaje?»
8. «¿Todavía faltan tres kilómetros?»
9. «¿Quién es el peregrino misterioso?»

a. «¡Ni idea!»
b. «¡La yincana mola mucho!»
c. «¡No puedo más!»
d. «¡Me encanta la idea!»
e. «¡Es un día perfecto!»
f. «¡Qué rollo!»

1 b **Escribe lo que piensa Lili al lado de los dibujos.**

Hablar

2 **Haced el juego de rol en las páginas 85/86.**

Vocabulario

3 **¿Cómo dices estas palabras en alemán? ¡Apúntalo! Después encuentra el intruso[1].**

1.	la catedral	el monumento	el bosque	la iglesia	la torre
	______	______	______	______	______
2.	la cara	el espejo	el ojo	el pelo	las gafas
	______	______	______	______	______
3.	el misterio	el acertijo	la pregunta	el problema	el proyecto
	______	______	______	______	______
4.	el sillón	el camino	la mochila	las botas	la excursión
	______	______	______	______	______
5.	la adulta	el turista	el chico	la joven	el niño
	______	______	______	______	______

1 **el intruso** der Eindringling, *hier*: das Wort, das nicht passt

4 **Completa las frases sobre lo que hacen Lili e Ismael con estos verbos en la forma correcta.**

invitar • *recibir* • *comprender* • *resolver* • *preguntar* • *caminar*

1. Poco antes de las vacaciones de Semana Santa, Ismael ______ un mensaje de voz[1] de Lili.
2. Ella ______ a Ismael a hacer el Camino de Santiago con ella y sus padres.
3. A Ismael le gusta la idea. Por eso ______ a sus padres si puede ir con Lili.
4. Durante todo el camino, los dos amigos ______ juntos.
5. Cada día ______ un acertijo que no siempre ______ inmediatamente.

1 **el mensaje de voz** die Sprachnachricht

¡Acuérdate!

5 a **Cuenta que va a pasar. Utiliza ir + a + infinitivo para completar las frases.**

La chica ______ (*hacer*/ella) surf en la playa.

Mh, ______ (*comer*/ yo) este helado. ¡Qué bueno!

Los alumnos ______ (*hacer*/ellos) un examen.

5 b **Lili habla con Pau sobre las vacaciones. Completa con las formas correctas del futuro inmediato (ir + a + infinitivo).**

> Um von der nahen Zukunft zu sprechen, kombinierst du die konjugierten Formen von **ir** mit der Präposition **a** und einem Infinitiv:
> **Mañana voy a comer en la cafetería.**

Pau: En las vacaciones _______________ (*pasar*/yo) dos semanas en los Pirineos. ¿Qué _______________ (*hacer*) tú?

Lili: Pues, mis padres y yo _______________ (*hacer*) una parte del Camino de Santiago.

Pau: Uf, entonces _______________ (*caminar*/vosotros) mucho. Y tus padres _______________ (*visitar*) todas las iglesias y muchos monumentos... ¡Esto _______________ (*ser*) aburridísimo!

Lili: ¡Nooo!, ¡Ismael también _______________ (*ir*) con nosotros! _______________ (*charlar*/nosotros), _______________ (*escuchar*/nosotros) música...

Pau: Es verdad. Con Ismael _______________ (*disfrutar*/tú) mucho más del Camino. ¿Me _______________ (*mandar*/tú) mensajes y fotos?

Practicar

6 a **Completa los diálogos con la forma correcta de otro/-a.** ▶ Gramática, p. 65

1

–¡Qué guay esta película! ¿La miramos?

–Uf, no quiero ver esta peli. ¿No hay __________?

2

–Mirad, ¡qué chula esta bicicleta!

–Hijo, es muy cara. ¿No quieres __________?

3

–Oh, mira, este camino está fatal.

–¿Por qué no probamos __________?

4

–Estas dos actividades las puedes hacer en el parque. ¿Conoces __________?

6 b **En el Camino de Santiago, Lili escribe su diario. Completa con las formas de otro/-a.** ▶ Gramática, p. 65

Anders als auf Deutsch kannst du **otro/-a** nicht mit dem unbestimmten Artikel kombinieren: Willst du diesen Saft oder einen anderen? ¿Quieres este zumo u otro?

_____ día en el Camino de Santiago. Me gusta conocer _____ lugares. ¡Pero no puedo más! Papá siempre dice: «Venga, _____ kilómetro más. ¡Tú puedes!» ¡Yo quiero hacer _____ cosa! ¿No hay _____ actividades?

¡Pero la idea de los acertijos me encanta! Seguro que hoy vamos a tener _____ 😊

7 ERKLÄRFILM

Por la mañana, antes de salir, Lili, sus padres e Ismael tienen que hacer las mochilas. ¡Es un caos! Todos están buscando algo. ¿De qué hablan? Marca la solución correcta.

1. La madre busca...
   a. ☐ su móvil. b. ☐ sus pendientes. c. ☐ sus gafas de sol.
2. Ismael busca...
   a. ☐ sus gafas. b. ☐ su jersey. c. ☐ su zapatilla.
3. Lili busca...
   a. ☐ su gorra. b. ☐ sus vaqueros. c. ☐ sus botas.
4. El padre busca...
   a. ☐ su reloj. b. ☐ sus zapatos. c. ☐ su chaqueta.

8 a ERKLÄRFILM

Al padre de Lili le gustan todas las cosas que ve en el Camino de Santiago. Escribe las respuestas de Lili y Ismael con las formas correctas del pronombre de complemento directo (lo, la, los, las). ▶ Gramática, p. 65

1. Chicos, ¿veis esta iglesia tan bonita? *Sí, claro, la vemos.*
2. ¿Y veis las montañas tan altas? _____
3. ¿Y el lago azul? _____
4. Mirad el pueblo típico en la playa. _____
5. ¿Y las rocas en la costa? _____
6. Y en el cielo... ¿veis esta nube tan blanca? *Sí, papá,* _____

8 b ERKLÄRFILM

Subraya las formas correctas del pronombre de complemento directo.

1. –Chicos, el sábado hago una fiesta. Lo • Me • Os invito. –¡Oh, sí!
2. –¡Ah, aquí estás, Martín! Todos las • te • os están buscando. –¿Ah, sí?
3. –Esta gorra es muy bonita... –Entonces, ¿por qué no te la • los • lo compras?
4. –Mira, allí están Álex y Lili. –¿Dónde? No nos • los • las veo.
5. –Chicos, ¿cuándo me • te • os vais a visitar? –¿Quizás el sábado?
6. –Mamá, papá, voy a salir ahora. –Muy bien, pero a las diez te • nos • os llamas, ¿vale?

9 **Nora, Álex y Pau están en el parque. Completa el texto con las palabras de la casilla.**

de repente • ~~luego~~ • finalmente • al principio • cuando • más tarde • enseguida

______________ los chicos descansan en el parque.

______________, suena el teléfono de Nora. ______________

Nora responde: «Hola Lili, ¿cómo estás?». Lili le cuenta a Nora del Camino de Santiago. *Luego* ______________ Nora cuenta a Pau y Álex: «Lili e Ismael tienen que caminar todo el día y ya no pueden más».

______________ los tres chicos van al bar de la plaza para tomar algo. ______________ están allí, hablan sobre Lili e Ismael. ______________ hacen una videollamada para consolar[1] a sus amigos.

[1] **consolar** trösten

Escuchar

14 ★ **10** **Cuatro jóvenes de Galicia se presentan. Escucha varias veces y decide en cada caso qué frase es correcta.**

▶ Destrezas, p. 137/21

1. Martiño vive en Santiago y...
   - a. ☐ no tiene hermanos.
   - b. ☐ tiene 15 años y dos hermanas.
   - c. ☐ tiene 14 años y dos hermanos.
   - d. ☐ tiene 16 años, un hermano y una hermana.
2. Le gusta hacer excursiones porque...
   - a. ☐ la ciudad es mágica.
   - b. ☐ el paisaje es turístico.
   - c. ☐ los bosques son mágicos.
   - d. ☐ los campos son muy bonitos.
3. Erea vive en A Coruña. En su tiempo libre...
   - a. ☐ sale con su familia.
   - b. ☐ va al campo con sus amigos.
   - c. ☐ invita a sus amigos a su casa.
   - d. ☐ queda con la pandilla en un bar.
4. Todos los fines de semana...
   - a. ☐ va al cine.
   - b. ☐ va a la playa para nadar.
   - c. ☐ va a la playa para hacer surf.
   - d. ☐ hace excursiones a la montaña.
5. Naia vive en A Guarda, un pueblo...
   - a. ☐ en la montaña.
   - b. ☐ con muchos ríos.
   - c. ☐ en la costa del norte.
   - d. ☐ en la costa del Atlántico.
6. Le gusta dibujar, pero cuando hace buen tiempo...
   - a. ☐ camina por el bosque.
   - b. ☐ toma el sol en la playa.
   - c. ☐ va a hacer surf en el mar.
   - d. ☐ hace rutas en bici con su hermano.
7. Iago vive en Lugo, ...
   - a. ☐ que está en la costa.
   - b. ☐ que está en el río Ebro.
   - c. ☐ una ciudad muy moderna.
   - d. ☐ la ciudad más antigua de Galicia.
8. Vive con su padre y sus hermanos y...
   - a. ☐ le gusta ir al teatro.
   - b. ☐ juega al baloncesto.
   - c. ☐ juega al fútbol cada día.
   - d. ☐ hace el Camino de Santiago.

15

11 **Lee y escucha estas frases en gallego. Subraya las palabras que son (casi) como en español.**

▶ Destrezas, p. 133/2

1. Todos os días chegan moitos peregrinos a cidade.
2. A comida galega é moi rica.
3. O ambiente na Praza do Obradoiro é fantástico.
4. Os amigos queren pasar un día na praia.

Das Galicische ist eine der vier offiziellen Sprachen in Spanien. Es ist eine romanische Sprache und dem Portugiesischen sehr ähnlich.

La bandera gallega

Escribir

12 ★ **En las vacaciones, Emma, de Saarbrücken, está con sus padres en Vigo, Galicia. Quiere escribir un e-mail a Leyla, su amiga de Barcelona. Aquí tienes sus apuntes. Ayúdala y escribe el e-mail.**

Eltern & ich in Vigo: Stadt an der Küste Galiciens, ganz hübsch, die Strände: superschön
Historisches Zentrum: viele Kirchen
Eltern: wollen alle besuchen – Ich: lieber an den Strand
Morgen: Ausflug auf die „Islas Cíes" – lange Strände, magische Landschaft – das wird superinteressant! Aber: Regen! Muss Regenschirm kaufen!
Abends: Eltern Konzert mit traditioneller Musik (Dudelsack) – ich nicht!!!
Ich: Hotel, wir beide: Videokonferenz?

Asunto:

Hola Leyla:

¿Cómo estás?

Hablar

13 Haced el tándem en la p. 82.

facultativo

1 **Elegid dos fotos y comparadlas. A dice una frase y luego B dice otra. | Sucht euch zwei Fotos aus und vergleicht sie. Sagt immer abwechselnd einen Satz.**

En la foto 1 hay más/menos…

En la foto 2 (no) hay…

es más/menos alto/-a • grande • pequeño/-a • verde • azul • bonito/-a • interesante • antiguo/-a • largo/-a • corto/-a • […]

el cielo • la nube • la ciudad • el pueblo • la iglesia • el edificio • la casa • la torre • el castillo • el barco[1] • la montaña • el horizonte • el camino • el campo • la roca • el árbol • el bosque • el mar • la playa • […]

1 el barco das Boot

2 a **Dibuja un paisaje en el recuadro a la izquierda. | Zeichne eine Landschaft in das linke Feld.**

2 b **A describe su paisaje, B escucha y lo dibuja a la derecha. Luego B describe y A dibuja. Al final comparad las imágenes. | A beschreibt seine/ihre Landschaft, B hört zu und zeichnet sie im rechten Feld nach. Danach beschreibt B und A zeichnet. Vergleicht zum Schluss Original und Nachzeichnung.**

en el primer plano • al fondo • en el centro • a la derecha • a la izquierda

el cielo • la nube • la ciudad • el pueblo • la iglesia • el edificio • la casa • la torre • el faro • el castillo • el barco[1] • el puente[2] • el horizonte • la montaña • el camino • el campo • la roca • el árbol • el bosque • el mar • la playa • la ola • […]

1 el barco das Boot **2 el puente** die Brücke

facultativo

3 Estáis en un restaurante en Galicia y habláis sobre la comida y la bebida. **A** propone algo, pero a **B** no le gusta y pregunta por otra cosa. Intercambiad los papeles. | Ihr sitzt in einem Restaurant in Galicien. **A** schlägt etwas vor, aber **B** mag nicht und schlägt etwas anderes vor. Wechselt euch ab.

la bebida • la comida • el plato • la sopa[1] • el postre[2] • la empanada • el pulpo • la tortilla • los pimientos[3] • el helado • la fruta • [...]

1 **la sopa** die Suppe 2 **el postre** der Nachtisch 3 **los pimientos** die Paprikaschoten

¿Qué quieres comer? ¿Pulpo?

No sé, ¿no hay otra cosa?

¿Quieres helado?

¿No hay otro postre?

El Caldero Chorreante

ENTRANTES

• Sopa de tomate	4,50
• Pimientos de Padrón	5,80
• Tortilla de patatas	3,00
• Croquetas de pollo[1]	4,50

CARNE

• Chuleta de cerdo[2]	9,50
• Milanesa de ternera[3]	12,90
• Hamburguesa	8,50
• Albóndigas con salsa[4]	9,00
• Filete de ternera[5]	13,50

PESCADO

• Merluza a la plancha[6]	10,50
• Bacalao a la bilbaína[7]	11,00
• Lenguado[8]	12,50

MARISCO

• Pulpo a la gallega	16,50
• Calamares a la romana[9]	10,00
• Pescadito frito[10]	13,50
• Gambas a la plancha[11]	13,50

BOCADILLOS

• Queso	3,50
• Jamón	4,00
• Tortilla	4,00
• Atún[12]	3,50

POSTRES

• Flan	4,00
• Yogur	2,50
• Helado	4,50
• Tarta de Santiago	3,50
• Fruta	3,00

BEBIDAS FRÍAS

• Agua con/sin gas	2,50
• Zumo de naranja	4,00
• Cerveza / Cerveza sin alcohol	3,50

BEBIDAS CALIENTES

• Café solo	1,50
• Café con leche	2,50
• Té negro	2,50
• Chocolate	3,00

1 **las croquetas de pollo** Hähnchenkroketten 2 **la chuleta de cerdo** Schweinekotelett 3 **la milanesa de ternera** Wiener Schnitzel 4 **las albóndigas con salsa** Hackfleischbällchen mit Soße 5 **el filete de ternera** Kalbsfilet 6 **la merluza a la plancha** Seehecht vom Grill 7 **el bacalao a la bilbaína** Kabeljau auf baskische Art 8 **el lenguado** Seezunge 9 **los calamares a la romana** frittierte Tintenfischringe 10 **el pescadito frito** kleine frittierte Fische 11 **las gambas a la plancha** gegrillte Garnelen 12 **el atún** Thunfisch

3 Taller

facultativo

1 a En este taller debes relacionar personas con lugares de vacaciones. Lee primero el folleto. ¿De qué habla? ¿Para quién es? | In diesem Taller sollst du einigen Personen passende Urlaubsorte zuordnen. Lies zuerst den Prospekt. Wofür wirbt er? An wen richtet er sich? ▶ Destrezas, p. 138/26

¿YA TIENES PLANES PARA LAS VACACIONES? ¿NO QUIERES HACER LAS TÍPICAS VACACIONES ABURRIDAS EN FAMILIA?

Aquí te presentamos lugares para vacaciones activas en toda España.

1. ¿Quieres disfrutar del sol y de las playas blancas del Atlántico?

¿Y te gusta montar a caballo? Pues ven a pasar el verano en **Zahara de los Atunes**, en la provincia de Cádiz. Mar, playa, caballos – ¡y todo bajo el sol de Andalucía! Vas a disfrutar del paisaje y del mar con otros jóvenes. ¿Qué más quieres? Puedes participar una, dos o tres semanas. El programa empieza el 15 de julio y va hasta el 10 de septiembre.

2. ¿Las vacaciones sin bicicleta son imposibles para ti?

Entonces, ¡ven a **Roncal**! Es un pueblo en Navarra, cerca de los Pirineos, con las mejores rutas para ir en bici de montaña. ¡Aquí cada día de tus vacaciones va a ser una nueva aventura[1]! Vas a conocer el paisaje mágico del norte con sus animales y vas a hacer amigos nuevos. Elige cuándo tienes tiempo, puedes venir del 1 al 8 de julio, del 30 de julio al 6 de agosto y del 2 al 10 de septiembre.

3. ¿Te gustan los colores?

Pues ven a vivir el verde de los bosques, el azul del cielo y el rojo de las rocas en **Albarracín**. Es un pueblo ideal para escalar porque está en la montaña, lejos de las ciudades grandes, en la provincia de Teruel, en Castilla-La Mancha.
El programa es de dos semanas. Hacemos una excursión a Teruel y otra al río Turia. Puedes empezar el programa cada domingo de julio y agosto.

4. ¿No te gustan las regiones de España con sol y calor y muchísimos turistas?

¿Prefieres un lugar más tranquilo? Muy bien, este lugar ideal es **Potes**, un pueblo pequeño en Cantabria. Es uno de los pueblos más bonitos de España. Puedes montar a caballo y hacer excursiones por la montaña. Y si llueve, puedes aprender cómo se hacen nuestros quesos, ¡qué buenos! Hay grupos de diez a quince personas en julio, agosto y septiembre.

5. ¿Quieres estar lejos de la ciudad?

¿Quieres ver animales? ¿Y quieres caminar por uno de los paisajes más interesantes de Extremadura? Pues, tienes que ir al parque de **Monfragüe**. Allí hay buitres[2], linces[3] y muchos otros animales. Durante dos semanas hacemos excursiones por el parque, miramos los animales y hacemos fotos de ellos. Te esperamos desde el 20 de junio hasta el 3 de septiembre.

6. ¿La cosa más bonita de tus vacaciones?

Disfruta del paisaje verde desde la piragua sobre el río Sella. Además, puedes nadar en el mar, jugar al fútbol, al baloncesto o tomar el sol (si hace sol ;-) en la playa de **Ribadesella**, un pueblo en la costa de Asturias. Estamos aquí durante los meses de julio y agosto. Puedes venir una o dos semanas. El grupo es de veinte personas.

7. Es verdad, caminar a veces puede ser aburrido...

Pero en el Camino de Ronda, cerca de **Tossa de Mar** en Cataluña, no es así. Allí tienes un paisaje muy bonito, casi siempre ves el mar – ¡y puedes conocer las mejores playas – para descansar, nadar, dibujar, jugar...! Eso sí, vamos a caminar bastante, entre tres y cuatro horas al día, en grupos pequeños, de hasta ocho personas. Te esperamos en julio o septiembre.

1 la aventura das Abenteuer **2 el buitre** der Geier **3 el lince** der Luchs

1 b Lee ahora las características de estos cinco jóvenes y decide qué información tienes que encontrar en el folleto. | Lies nun die Charakterisierungen dieser fünf Jugendlichen und überlege, welche Informationen du aus dem Prospekt herauslesen musst. ▶ Destrezas, p. 138/27

Nombre	Le gusta(n):	No le gusta(n):	Tiene tiempo	Puede ir a:
Manu	caminar, mirar animales, la fotografía, ir en piragua	ir en bici, estar con más de diez personas	en julio y agosto	
Noemi	ir en bici de montaña, ver animales, hacer amigos	el calor, los deportes en grupo	en julio y septiembre	
Marisa	ir en piragua, el mar, nadar, dibujar	la montaña, caminar mucho	en agosto	
Alejandro	montar a caballo, la playa, el mar, el sol	ir en bici, el fútbol	en julio y agosto	
Óscar	las montañas, montar a caballo, comer cosas ricas	el baloncesto, la carne	en septiembre	

1 c Vuelve a leer el folleto y subraya o marca con un color por cada persona las cosas que le gustan. | Lies nun noch einmal aufmerksam den Prospekt und unterstreiche mit einer Farbe für jede Person, was ihr jeweils gefällt.

Óscar

4. ¿No te gustan las regiones de España con sol y calor y muchísimos turistas? ¿Prefieres un lugar más tranquilo? Muy bien, este lugar ideal es **Potes**, un pueblo pequeño en Cantabria. Es uno de los pueblos más bonitos de España. Puedes montar a caballo y hacer excursiones por la montaña...

1 d Comprueba si las personas tienen tiempo para ir al lugar que te parece bueno para ellas o si hay algo allí que no les gusta. | Überprüfe, ob die Personen auch wirklich Zeit haben, um an den Ort zu fahren, der dir passend für sie erscheint, und ob es dort etwas gibt, das ihnen nicht gefällt.

Mh, Tossa puede ser interesante para Marisa..., pero a ella no le gusta caminar y no tiene tiempo en...

1 e Apunta un lugar para cada persona en la tabla. | Schreibe für jede Person einen passenden Ort in die Tabelle.

APP ▶ Soluciones

3 Mi página

facultativo

Conozco todas estas palabras para describir pueblos, ciudades y paisajes:

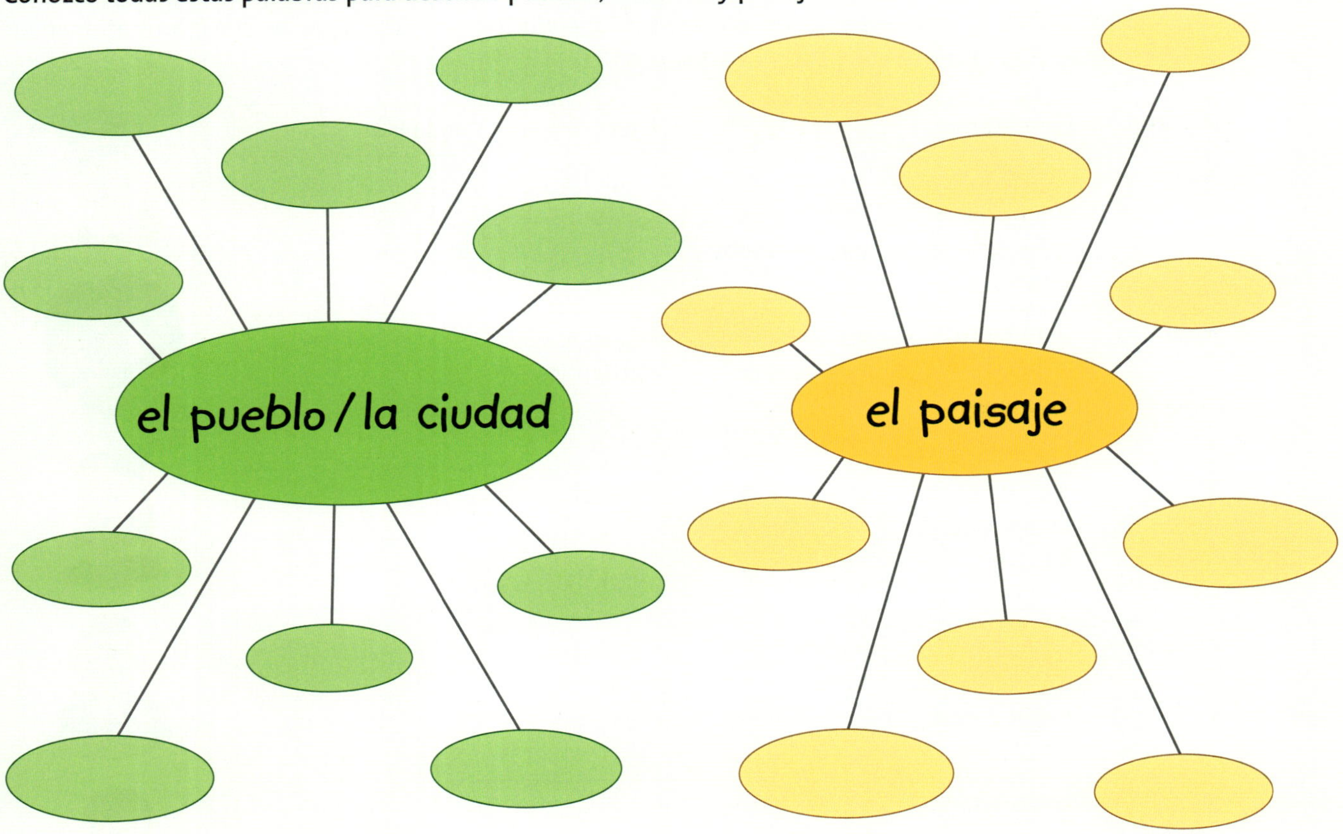

Puedo comparar personas y cosas:

________________ es más alto que ________________

________________ es la más alta, pero ________________

____

____

Películas: ________________ es mejor que ________________

________________ es la ________________

________________ es la ________________

Libros: ________________________________

________________ es el ________________

________________ es el peor ________________

Juegos: ________________________________

________________ es el mejor ________________

________________ es el ________________

Vocabulario

1 **Completa la descripción con las palabras que faltan.**

En el primer plano está la ____________________. ¡Hay muchísima gente! En el ____________________ hay olas. A la derecha hay un ____________________ moderno. En el centro hay un ____________________. Al fondo hay ____________________ y, a la izquierda, vemos el ____________________. El ____________________ es azul y no hay ____________________ .

Gramática

2 **Describe a esta familia de perros. Utiliza el superlativo de los adjetivos.**

Lina es la ____________________ ([+] tranquilo/-a).

Lui es el ____________________ ([+] grande).

Lara es la ____________________ ([+] inteligente)

Lucho es el ____________________ ([-] simpático/-a).

3 **Completa las frases sobre España con los adjetivos en comparativo o superlativo.**

1. Madrid es ____________________ ([+] grande) Barcelona, pero es ____________________ ([-] antiguo/-a). Cádiz es la ciudad ____________________ ([+] antiguo/-a) de España.
2. La Alhambra de Granada es ____________________ ([=] famoso/-a) la Sagrada Familia de Barcelona.
3. Las playas de Galicia son ____________________ ([-] conocido/-a) las de Mallorca.

4 **Completa los diálogos con las formas correctas de otro/-a.**

1. –Este boli no va bien. ¿Tienes ________? –No, pero tengo ________ cosa, mira este lápiz.
2. –¿Seguro que Lili vive aquí? ¿No es en ________ calle? –No, no, es en esta calle, pero es ________ número.
3. –Estos juegos son muy aburridos. ¿No podemos jugar a ________ juegos o hacer ________ actividades?

5 **Completa los diálogos con los pronombres de complemento directo.**

1. –¿Tienes el zumo? –Sí, aquí ______ tengo. –¿Y los bocadillos? –También ______ tengo.
2. –Lili, Ismael, ¿dónde estáis? No ______ veo. –Pero mamá, estamos al lado de la iglesia, ¿no ______ ves?
3. –Pau, ahora no puedo. ¿______ llamas más tarde? –Claro, Álex, ________ llamo luego.

Tándem 1 Unidad 1

So arbeitet ihr mit einem Tandembogen:

- Legt fest, wer **A** und wer **B** ist.
- Faltet das Blatt in der Mitte. **A** hat die linke Spalte vor sich. **B** sieht sich nur die rechte Spalte an.
- **A** beginnt und liest eine Frage vor. **B** beantwortet sie.
- **B** hilft oder korrigiert **A**, wenn es nötig ist.
- Dann liest **B** die nächste Frage vor und **A** beantwortet sie.
- Nach einem Durchgang tauscht ihr die Rollen.

Aquí practicáis el gerundio. | Hier übt ihr das gerundio.

A	B
A: ¿Qué están haciendo los alumnos? B: Están haciendo un examen. 	**B:** *hacer*/examen 
A: *pasear*/perro 	**B:** ¿Qué está haciendo el chico? A: Está paseando al perro / a su perro. 
A: ¿Qué está haciendo la chica? B: Está leyendo un libro. 	**B:** *leer*/libro 
A: *tocar*/guitarra 	**B:** ¿Qué está haciendo el chico? A: Está tocando la guitarra. 
A: ¿Qué están haciendo Blanca y Vanesa? B: Están hablando por teléfono. 	**B:** *hablar*/teléfono 
A: *ir*/bicicleta 	**B:** ¿Qué están haciendo estos chicos? A: Están yendo en bicicleta. 
A: ¿Qué están haciendo esos chicos? B: Están jugando al baloncesto. 	**B:** *jugar*/baloncesto 

Tándem 2 Unidad 1

Si no recordáis cómo trabajar con las fichas tándem, mirad la p. 78.

Habláis sobre las cosas que os gustan. | Ihr sprecht darüber, was ihr gern tut.

A	B
A: ¡Hola! Hoy hace [...] (buen/o/-a) tiempo, ¿verdad? ¿Qué [...] (*gustar* a ti) hacer en un día así?	**A:** ¡Hola! Hoy hace buen tiempo, ¿verdad? ¿Qué te gusta hacer en un día así?
B: ¡Hola! Sí, hace muy buen tiempo. A mí me gusta patinar o jugar al fútbol. ¿A ti también te gustan los deportes?	**B:** ¡Hola! Sí, hace muy [...] (buen/o/-a) tiempo. A mí [...] (*gustar* a mí) patinar o jugar al fútbol. ¿A ti también [...] (*gustar* a ti) los deportes?
A: Bueno, [...] (*gustar* a mí) nadar e ir en bicicleta. Tengo una bici muy [...] (buen/o/-a). ¿A ti también [...] (*gustar* a ti) ir en bici?	**A:** Bueno, a mí me gustar nadar e ir en bicicleta. Tengo una bici muy buena. ¿A ti también te gustar ir en bici?
B: Sí, también me gusta, pero mi bicicleta es antigua y bastante mala. Por eso prefiero ir a patinar. ¿Tienes ganas de ir a patinar esta tarde?	**B:** Sí, también [...] (*gustar* a mí), pero mi bicicleta es [...] antiguo/-a) y bastante [...] (mal/o/-a). Por eso [...] (*preferir*) ir a patinar. ¿Tienes ganas de ir a patinar esta tarde?
A: ¡Oh sí, qué [...] (buen/o/-a) idea! Podemos pregun-tar a Laura y a Gabriel. También [...] (*gustar* a ellos) mucho patinar. Y el sábado, ¿qué vas a hacer? Porque creo que va a hacer [...] (mal/o/-a) tiempo.	**A:** ¡Oh sí, qué buena idea! Podemos preguntar a Laura y a Gabriel. También les gusta mucho patinar. Y el sábado, ¿qué vas a hacer? Porque creo que va a hacer mal tiempo.
B: Cuando hace mal tiempo, me gusta dibujar o leer. ¿Y a ti?	**B:** Cuando hace [...] (mal/o/-a) tiempo, [...] (*gustar* a mí) dibujar o leer. ¿Y a ti?
A: En mi familia también [...] (*gustar* a nosotros) leer. ¿[...] (*estar* + gerundio *leer*/tú) un [...] buen/o/-a) libro en este momento?	**A:** En mi familia también nos gusta leer. ¿Estás leyendo un buen libro en este momento?
B: Me gusta el tema del medio ambiente. Ahora estoy leyendo un libro muy interesante sobre los mares y los océanos. ¿A ti y a tu pandilla os gusta hacer cosas por el medio ambiente?	**B:** [...] (*gustar* a mi) el tema del medio ambiente. Ahora [...] (*estar* + gerundio *leer*/yo) un libro muy interesante sobre los mares y los océanos. ¿A ti y a tu pandilla [...] (*gustar* a vosotros) hacer cosas por el medio ambiente?
A: Claro que sí, una vez al mes [...] (*hacer*/nosotros) *plogging* en el parque central. ¿No [...] (*querer*/tú) venir con nosotros el día 20?	**A:** Claro que sí, una vez al mes hacemos *plogging* en el parque central. ¿No quieres venir con nosotros el día 20?
B: Sí, quiero ir con vosotros. ¡Qué buena idea!	**B:** Sí, [...] (*querer*/yo) ir con vosotros. ¡Qué [...] (buen/o/-a) idea!

Tándem Unidad 2

Si no recordáis cómo trabajar con las fichas tándem, mirad la p. 78.

Aquí habláis sobre vuestra rutina diaria. | Hier sprecht ihr über euren Tagesablauf.

A	B
A: ¡Hola! ¿Cómo es tu rutina por la mañana?	A: ¡Hola! ¿Cómo es tu rutina por la mañana?
B: ¡Hola! Pues me despierto a las seis y media y me ducho. Me pongo mis vaqueros y una camiseta. Desayuno tranquilo/-a. Luego me pongo mis zapatillas favoritas y salgo de casa a las siete y media.	**B:** ¡Hola! Pues, [...] (*despertarse*/yo), 06:30 [...] (*ducharse*) [...] (*ponerse*) vaqueros, camiseta [...] (*desayunar*) tranquilo/-a [...] (*ponerse*) zapatillas favoritas [...] (*salir*) de casa, 07:30 Y tu rutina por la mañana, ¿cómo es?
A: Yo [...] (*levantarse*), 07:00 [...] (*vestirse*) rápido [...] (*lavarse*) los dientes [...] (*salir*) de casa, 07:50 [...] (*comer*) un bocadillo en el autobús ¿Y por la tarde, qué haces? 	A: Yo me levanto a las siete, me visto rápido. Me lavo los dientes y salgo de casa a las ocho menos diez. Como un bocadillo en el autobús. 
B: Por la tarde, voy a extraescolares. Los martes juego al balonmano a las cinco y media y los jueves voy al club de escritura a las seis. Me encanta escribir cuentos.	**B:** Por la tarde, [...] (*ir*/yo) a extraescolares los martes [...] (*jugar*) al balonmano, 17:30 los jueves [...] (*ir*) al club de escritura, 18:00 me [...] (*encantar*) escribir cuentos ¿Y tú? ¿Qué haces por la tarde?
A: Pues, yo, por la tarde, [...] (*ir*) al parque [...] (*quedar*) con mis amigos [...] (*escuchar*/nosotros) música, *charlar* también [...] (*jugar*/nosotros) al baloncesto ¿Qué haces antes de ir a dormir?	A: Pues, yo, por la tarde, voy al parque. Quedo con mis amigos. Escuchamos música y charlamos. También jugamos al baloncesto.
B: Después de cenar, a las ocho, escucho música, veo un episodio de mi serie favorita o veo vídeos. Me acuesto a las diez. 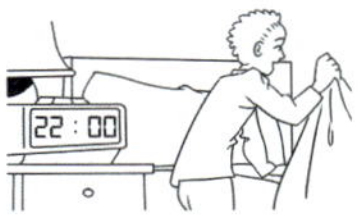	**B:** Después de cenar, 20:00, [...] (*escuchar*/yo) música [...] (*ver*) un episodio, serie favorita o [...] (*ver*) videos [...] (*acostarse*) a las 22:00 Y tú, ¿qué haces por la noche? 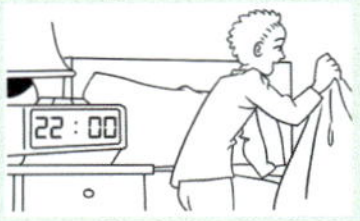
A: Yo [...] (*leer*) un cómic, [...] (*mirar*) las redes, 23:00 [...] (*dormirse*) 23:30	A: Yo leo un cómic, miro las redes sociales a las once y me duermo a las once y media.

Tándem Módulo 2

Si no recordáis cómo trabajar con las fichas tándem, mirad la p. 78.

Habláis sobre una excursión y practicáis los números. | Ihr sprecht über einen Ausflug und übt die Zahlen.

A

A: ¡Hola! ¿No [...] (*querer*/tú) hacer una excursión? Yo [...] (*querer*/yo) ir a Córdoba, en Andalucía.

B: Me gusta la idea. Seguro que Córdoba es interesante. Pero prefiero ir a Granada.

A: Granada también es interesante. [...] (*poder*/ nosotros) mirar los precios[1]. Mira, [...] (*abrir*/ yo) la página de RENFE[2].

B: Muy bien. ¿Y cuál es el precio de Madrid a Córdoba?

1 el precio der Preis **2 RENFE** spanische

A: A ver..., Madrid-Córdoba ida y vuelta[3] son 70,90 €.

B: ¡Uf, es muy caro[4]! Voy a mirar Madrid-Granada. Un momento... Aquí lo tengo: Madrid-Granada, ida y vuelta, ¡son ochenta y cinco euros con setenta!

3 ida y vuelta Hin- und Rückfahrt **4 caro/-a** teuer

A: Pero, ¿cuántos kilómetros son de Madrid a Granada?

B: Espera, lo busco en Internet. En coche son cuatrocientos dieciséis kilómetros y en tren son trescientos sesenta y nueve kilómetros.

A: Claro, por eso es caro. Voy a ver cuántos kilómetros son de Madrid a Córdoba. Son 296, casi 300 km. También es lejos.

B: Sí, también es lejos. ¿Y si vamos a Toledo? Está cerca de Madrid, son, espera, son solo sesenta km.

A: ¡Qué bien! A ver el precio... Son 22,40 € ida y vuelta y ¡es solo media hora!

B: ¡Perfecto, vamos a Toledo el sábado!

B

A: ¡Hola! ¿No quieres hacer una excursión? Yo quiero ir a Córdoba, en Andalucía.

B: Me gusta la idea. Seguro que Córdoba es interesante. Pero [...] (*preferir*/yo) ir a Granada.

A: Córdoba también es interesante. Podemos mirar los precios[1]. Mira, abro la página de RENFE[2].

B: Muy bien. ¿Y cuál es el precio de Madrid a Córdoba?

1 el precio der Preis **2 RENFE** spanische

A: A ver..., Madrid-Córdoba ida y vuelta[3] son setenta euros con noventa.

B: ¡Uf, es muy caro[4]! Voy a mirar Madrid-Granada. Un momento... Aquí lo tengo: Madrid-Granada, ida y vuelta, ¡son 85,70 €!

3 ida y vuelta Hin- und Rückfahrt **4 caro/-a** teuer

A: Pero, ¿cuántos kilómetros son de Madrid a Granada?

B: Espera, lo busco en Internet. En coche son 416 km y en tren son 369 km.

A: Claro, por eso es caro. Voy a ver cuántos kilómetros son de Madrid a Córdoba. Son doscientos noventa y seis, casi trescientos kilómetros. También es lejos.

B: Sí, también es lejos. ¿Y si vamos a Toledo? Está cerca de Madrid, son, espera, son solo 60 km.

A: ¡Qué bien! A ver el precio... Son veintidós euros con cuarenta ida y vuelta y ¡es solo media hora!

B: ¡Perfecto, vamos a Toledo el sábado!

Tándem Unidad 3

Si no recordáis cómo trabajar con las fichas tándem, mirad la p. 78.

Aquí practicáis los pronombres de complemento directo. | Hier übt ihr die direkten Objektpronomen.

A	B
A: Mira, allí va el nuevo profesor de Inglés, ¿[...] (a él) conoces? **B:** Pues no, no lo conozco.	**A:** Mira, allí va el nuevo profesor de Inglés, ¿lo conoces? **B:** Pues no, no [...] (a él) conozco.
A: Pero a estas dos nuevas alumnas [...] (a ellas) conoces, ¿verdad? **B:** Claro, las conozco porque viven cerca de mi casa.	**A:** Pero a estas dos nuevas alumnas las conoces, ¿verdad? **B:** Claro, [...] (a ellas) conozco porque viven cerca de mi casa.
A: Hoy traigo un pan con queso, no me gusta, ¿no [...] (el pan) quieres comer tú? **B:** Sí, me encanta el queso, me lo puedes dar. Ah, ¿tienes los deberes de Mates? ¿Me los das?	**A:** Hoy traigo un pan con queso, no me gusta, ¿no lo quieres comer tú? **B:** Sí, me encanta el queso, me [...] (el pan) puedes dar. Ah, ¿tienes los deberes de Mates? ¿Me [...] (los deberes) das?
A: Tampoco [...] (los deberes) tengo. Lo siento. Y tú, ¿tienes la presentación de Biología? ¿[...] (la presentación) puedo ver? **B:** Claro, ahora la abro en mi ordenador. A ver..., no lo encuentro. Ah, aquí lo tengo, ¡Uf!	**A:** Tampoco los tengo. Lo siento. Y tú, ¿tienes la presentación de Biología? ¿La puedo ver? **B:** Claro, ahora [...] (la presentación) abro en mi ordenador. A ver..., no [...] (el ordenador) encuentro. Ah, aquí [...] (el ordenador) tengo, ¡Uf!
A: Por cierto, ¿quieres ir a al cine «Coloseo» a ver la película sobre Galicia? ¿O ya [...] (la película) conoces? **B:** Pues no la conozco. Pero el cine «Coloseo» no lo conozco tampoco.	**A:** Por cierto, ¿quieres ir a al cine «Coloseo» a ver la película sobre Galicia? ¿O ya la conoces? **B:** Pues no [...] (la película) conozco. Pero el cine «Coloseo» no [...] (el cine) conozco tampoco.
A: Seguro que [...] (el cine) conoces, es el antiguo «Novedades», al lado de la tienda de cómics. **B:** Ah sí, claro, la conozco muy bien esta tienda porque es de los padres de mi amigo Pedro. Por eso, si quiero leer cómics, siempre los compro allí.	**A:** Seguro que lo conoces, es el antiguo «Novedades», al lado de la tienda de cómics. **B:** Ah sí, claro, [...] (la tienda) conozco muy bien esta tienda porque es de los padres de mi amigo Pedro. Por eso, si quiero leer cómics, siempre [...] (los cómics) compro allí.
A: Uf, ya termina el recreo. ¡Vamos! **B:** Sí, y esta tarde vamos a ir a la tienda de cómics.	**A:** Uf, ya termina el recreo. ¡Vamos! **B:** Sí, y esta tarde vamos a ir a la tienda de cómics.
A: ¡Oh sí, [...] (la tienda) quiero conocer!	**A:** ¡Oh sí, la quiero conocer!

Alumno/Alumna A

Dobla la tarjeta por el medio. Si necesitas ayuda, la encuentras atrás. | Falte die rechte Seite der Rollenkarte nach hinten. Wenn du beim Sprechen Hilfe brauchst, kannst du dort nachschauen.

A

Unidad 1, ejercicio 12, p. 23

Ihr übt, euch gegenseitig vorzustellen. Du beginnst.

1. Sage wie du heißt. Frage **B** nach dem Namen, dem Alter und dem Wohnort.
3. Beantworte die Fragen von **B**. Frage nun, welche Stärken **B** hat.
5. Beantworte die Frage von **B** und sage, dass du gern Spanisch sprichst. Frage, ob **B** auch Fremdsprachen mag.
7. Beantworte die Frage von **B** zu deinen Geschwistern. Hat **B** Brüder oder Schwestern?
9. Antworte **B**, dass du am Austausch teilnehmen willst.
11. Verabschiede dich auch freundlich.

A

1. (*llamarse*/yo) [...] / ¿Cómo (*llamarse*/tú)? / ¿Cuántos años (*tener*/tú)? / ¿Dónde (*vivir*/tú)?
3. (*tener*/yo) [...] años / (*vivir*/yo) en [...] ¿Cuál (*ser*) tu fuerte?
5. mi fuerte (*ser*) [...] / a mí (*gustar*) el español ¿a ti (*gustar*) también las lenguas extranjeras?
7. Sí / (*tener*/yo) [...] hermano/-a/s / No, no (*tener*/yo) hermanos Y tú, ¿(*tener*/tú) hermanos o hermanas?
9. Sí, (*querer*/yo) participar en el intercambio
11. ¡Adiós! / ¡Hasta luego! / [...]

A

Módulo 1, ejercicio 9, p. 33

Ihr sprecht über das Wetter und die Kleidung. Du beginnst das Gespräch.

1. Heute ist das Wetter sehr gut. Du ziehst eine kurze Hose und ein T-Shirt an. Frage, was **B** anzieht.
3. Und was zieht **B** an, wenn es regnet?
5. Gut, wenn es kalt ist, ziehst du einen Pullover, einen Mantel und eine Mütze an.
7. „Meine Lieblingskleidung?!“ Das ist mein blaues Hemd, meine Sportschuhe und die grüne Mütze. Und was ist die Lieblingskleidung von **B**?
9. „Verstehe.“ Morgen macht ihr den Ausflug. Was zieht **B** an?
11. Du ziehst [...] [...] und [...] an. Du liebst Ausflüge!

A

1. hoy (*hacer*) muy buen tiempo / (*ponerse*/yo) pantalón corto / camiseta ¿Qué (*ponerse*/tú)?
3. ¿Qué (*ponerse*/tú) / cuando (*llover*)?
5. bueno / cuando / (*hacer*) frío (*ponerse*/yo) un jersey / un abrigo / un gorro
7. ¿mi ropa favorita? / (*ser*) mi camisa azul / las zapatillas de deporte / la gorra verde Y, ¿cuál (*ser*) tu ropa favorita?
9. Entiendo / mañana (*hacer*/nosotros) excursión con el instituto / ¿Qué (*ponerse*/tú)?
11. (*ponerse*/yo) [...], [...] y [...] / ¡a mí (*encantar*) las excursiones!

Alumno/Alumna B

Dobla la tarjeta por el medio. Si necesitas ayuda, la encuentras atrás. | Falte die rechte Seite der Rollenkarte nach hinten. Wenn du beim Sprechen Hilfe brauchst, kannst du dort nachschauen.

B

Unidad 1, ejercicio 12, p. 23

Ihr übt, euch gegenseitig vorzustellen. A beginnt.

2. Antworte auf die Fragen von **A**. Frage **A** dann auch nach dem Alter und dem Wohnort.
4. Erzähle **A** von deinen Stärken und frage deinerseits, welche Stärken **A** hat.
6. Antworte, dass dir auch Fremdsprachen gefallen. Frage, ob **A** Brüder oder Schwestern hat.
8. Beantworte die Frage von **A** zu deinen Geschwistern. Frage, ob **A** auch am Austausch teilnehmen will.
10. Sage „wie schön!" und verabschiede dich freundlich mit „bis bald".

B

2. (*llamarse*/yo) [...] / (*tener*/yo) [...] años / (*vivir*/yo) en [...]
   ¿Cuántos años (*tener*/tú)? / ¿Dónde (*vivir*/tú)?
4. mi fuerte (*ser*) [...]
   ¿Y cuál (*ser*) tu fuerte?
6. sí / a mí (*gustar*) también las lenguas extranjeras
   ¿(*tener*/tú) hermanos o hermanas?
8. Sí / (*tener*/yo) [...] hermano/-a/s /
   No, no (*tener*/yo) hermanos/-as
   ¿(*ir*/tú) a participar en el intercambio también?
10. ¡Qué bien! / ¡Hasta luego!

B

Módulo 1, ejercicio 9, p. 33

Ihr sprecht über das Wetter und die Kleidung. A beginnt das Gespräch.

2. Ja, heute ist es sehr warm. Du ziehst auch ein T-Shirt an, aber mit Jeans.
4. Wenn es regnet, ziehst du deine Jacke und deine Stiefel an. Was zieht sich **A** an, wenn es kalt ist?
6. Klar. Was ist denn die Lieblingskleidung von **A**?
8. Meine Lieblingskleidung ist die bequeme Kleidung: ein T-Shirt und eine Jogginghose.
10. Für den Ausflug ziehst du [...], [...] und [...] an. Und **A**?
12. Du liebst Ausflüge auch! Bis morgen!

B

2. sí / hoy / (*hacer*) mucho calor / también (*ponerse*/yo) una camiseta / pero con vaqueros
4. cuando (*llover*) / (*ponerse*/yo) mi chaqueta / mis botas
   ¿Qué (*ponerse*/tú) / cuando (*hacer*) frío?
6. Claro / ¿Cuál (*ser*) tu ropa favorita?
8. mi ropa favorita (*ser*) ropa cómodo/-a / una camiseta / un pantalón de chándal
10. para la excursión / (*ponerse*/yo) [...], [...] y [...]
    ¿Y tú?
12. ¡a mí (*encantar*) las excursiones también! / ¡Hasta mañana!

Alumno/Alumna A

Dobla la tarjeta por el medio. Si necesitas ayuda, la encuentras atrás. | Falte die rechte Seite der Rollenkarte nach hinten. Wenn du beim Sprechen Hilfe brauchst, kannst du dort nachschauen.

A

Unidad 2, ejercicio 10, p. 40

Ihr sprecht über AGs in der Schule. Du beginnst das Gespräch.

1. Hier ist die Liste der AGs. Dich interessiert der Kochkurs, weil du sehr gerne kochst.
3. Du findest Zeichnen auch ziemlich lustig. Schlage vor, dass ihr zusammen hingehen könnt.
5. Leichtathletik gefällt dir nicht. Du magst Handball oder Fußball lieber.
7. Einverstanden. Also du wirst zu Fußball gehen. Gabriel geht zum Chor. Frage, ob **B** auch Musik mag.
9. Du singst auch nicht gern, aber den Leseclub findest du genial.
11. Dann könnt ihr da ja auch gemeinsam hingehen. Bis morgen!

A

1. esta (*ser*) la lista de extraescolares / (*interesar*) a mí el curso de cocina porque a mí (*gustar*) cocinar
3. sí / dibujar (*ser*) divertido / (*poder*/nosotros/-as) ir juntos/-as
5. el atletismo no a mí (*gustar*) / (*preferir*/yo) el balonmano o el fútbol
7. de acuerdo / pues / (*ir*/yo) a ir a fútbol. Gabriel (*ir*/él) a coro / ¿a ti (*gustar*) también la música?
9. tampoco a mí (*gustar*) cantar / pero a mí (*encantar*) el club de lectura
11. entonces / (*poder*/nosotros/-as) ir juntos/-as allí / ¡Hasta mañana!

A

Unidad 3, ejercicio 2, p. 66

Du bist mit B auf einer Wanderung durch Galicien. Du beginnst das Gespräch.

1. Du hast „superviel" Hunger und fragst, ob **B** etwas zu essen hat.
3. Empanada Gallega kennst du nicht. Frage **B**, ob sie besser ist als das belegte Brötchen.
5. Dann nimmst du gern die Empanada. Frage **B**, ob ihr unter diesem Baum hier essen wollt.
7. Der Weg zum See ist aber „superlang". Du isst lieber hier.
9. Na gut, du bist einverstanden. Aber du bist „supermüde". Sage **B**, dass du nicht mehr viel wandern willst.

A

1. (*tener*/yo) muchísimo/-a hambre ¿(*tener*/tú) algo / comer?
3. no / (*conocer*/yo) empanada gallega ¿(*ser*) [+] bueno/-a que bocadillo?
5. entonces / (*tomar*/yo) la empanada ¿(*comer*/nosotros) debajo de este/-a árbol aquí?
7. pero / el camino al lago (*ser*) larguísimo/-a (*preferir*/yo) comer aquí/allí
9. vale / pero (*estar*/yo) cansadísimo/-a ya no (*querer*/yo) caminar mucho

Alumno/Alumna B

Dobla la tarjeta por el medio. Si necesitas ayuda, la encuentras atrás. | Falte die rechte Seite der Rollenkarte nach hinten. Wenn du beim Sprechen Hilfe brauchst, kannst du dort nachschauen.

B

Unidad 2, ejercicio 10, p. 40

Ihr sprecht über AGs in der Schule. A beginnt das Gespräch.

2. Kochen interessiert dich nicht so sehr. Du bevorzugst den Kunstkurs, weil du Zeichnen genial findest.
4. Ja, „wie cool“. Dann geht ihr zusammen. Du machst auch sehr gern Sport. Du möchtest einen Sportkurs belegen. Dir gefallen Leichtathletik und Schwimmen.
6. Handball magst du nicht. Du glaubst, du wirst Schwimmen wählen.
8. Gabriel geht zum Chor? Na ja, du magst Musik auch, aber du singst nicht gern.
10. Ja, stimmt! Lesen gefällt dir auch.
12. Das ist cool! Ja, ihr könnt gemeinsam gehen. Bis morgen!

B

2. cocinar no a mí (*interesar*) / mucho (*preferir*/yo) el curso de artes plásticas / porque / a mí (encantar) dibujar
4. ¡Qué guay! / sí, (*ir*/nosotros/-as) juntos/-as también a mí (*gustar*) hacer deporte / (*querer*/yo) hacer curso de deporte / a mí (*gustar*) el atletismo y la natación
6. balonmano no a mí (*gustar*) / (*creer*/yo) que (*ir*/yo) a elegir natación
8. ¿Gabriel (*ir*/él) a coro? / Bueno, a mí (*gustar*) también la música / pero no a mí (*gustar*) cantar
10. ¡Es verdad! / leer también a mí (*gustar*)
12. ¡Genial! / sí, (*poder*/nosotros/-as) ir juntos/-as allí / ¡Hasta mañana!

B

Unidad 3, ejercicio 2, p. 66

Du bist mit A auf einer Wanderung durch Galicien. A beginnt das Gespräch.

2. Antworte, dass du etwas Empanada Gallega und ein belegtes Brötchen hast und frage, was **A** haben will.
4. Klar, die Empanada ist besser und außerdem ist sie typischer für Galicien.
6. Na ja, jener Ort dort, neben dem See, ist schöner. Frage **A**, ob ihr dort hingehen wollt.
8. Frage, ob **A** den Felsen dort sieht? Dort scheint die Sonne und es ist wärmer als im Schatten unter diesem Baum hier.
10. Du bist auch müde. Frage, ob **A** diesen „superhohen“ Kirchturm sieht. Da wird eure Wanderung heute enden.

B

2. (*tener*/yo) empanada gallega / bocadillo. ¿qué / (*querer*/tú)?
4. la empanada gallega (*ser*) / ⊞ bueno-a además (*ser*) / ⊞ típico/-a de Galicia
6. ese/-a lugar / allí / al lado de / el lago / (*ser*) ⊞ bonito/-a ¿(*ir*/nosotros/-as) allí?
8. ¿(*ver*/tú) ese/-a roca / allí? / allí / (*hacer*) sol / (*ser*) ⊞ caluroso/-a que en la sombra de / el árbol / aquí
10. también / (*estar*/yo) cansado/-a ¿(*ver*/tú) ese/-a torre de la iglesia altísimo/-a? Allí / hoy (*ir*) a terminar nuestro/-a excursión

Unidad 1

Gramática

1 1. **Están nadando.** 2. **Están comiendo. / Están descansando.** 3. **Están jugando al fútbol.** 4. **Está leyendo.**

2 A Lili e Ismael **les gusta** mucho leer. A mi amiga Álex **le gusta** el fútbol. A Pau también **le gusta** hacer deporte. A mí **me gusta** escuchar música. Y a nosotros **nos gusta** bailar. Y a ti, ¿qué **te gusta**? ¿Qué **os gusta** hacer el fin de semana?

3 Hoy no es un **mal** día para ir al parque: hace muy **buen** tiempo. Ismael tiene una **buena** idea: jugar a las cartas. Él es bastante **mal** jugador, pero es **buen** perdedor. Lili y Nora son **buenas** jugadoras, pero Álex es bastante **mala** jugadora.

4 –Por la tarde, **juego** a la pelota. Y tú, ¿**juegas** con el perro en el parque?
Álex **juega** al fútbol con su hermana Lola. Pau e Ismael **juegan** al baloncesto.
–¿Vosotras **jugáis** al pádel? –No, nosotras **jugamos** a las cartas.

5 **Álex:** **Traigo** fruta para el pícnic. Lili, ¿qué **traes** tú?
Lili: **Traigo** golosinas y agua. Pau e Ismael, y vosotros, ¿qué **traéis**?
Ismael: Nosotros **traemos** bocadillos de tortilla. Y Nora **trae** zumo.

Unidad 2

Gramática

1
1. **Todas las** mañanas desayuno rápido.
2. **Todos los** alumnos de mi clase juegan al futbol.
3. **Todos los** días como un bocadillo en la cafetería.
4. **Toda la** semana hace buen tiempo.

2

	elegir	vestirse
[yo]	**elijo**	**me visto**
[tú]	**eliges**	**te vistes**
[él/ella]	**elige**	**se viste**
[nosotros/-as]	**elegimos**	**nos vestimos**
[vosotros/-as]	**elegís**	**os vestís**
[ellos/ellas]	**eligen**	**se visten**

3
1. A mí **me interesan las manualidades.**
2. A ti **te encantan las artes plásticas.**
3. A Lili **le parece genial el baile.**
4. A nosotras **nos encanta el baloncesto.**
5. A vosotros **os parece genial la robótica.**
6. A Pau y a Álex **les interesa el coro.**

4
1. Nosotros **nos acostamos** tarde durante las vacaciones.
2. Tú **te estresas** cuando tienes un examen, ¿verdad?
3. Mis abuelos **se duermen** temprano los fines de semana.
4. Yo **me preparo** para ir al instituto.
5. Lili **se despierta** a las seis de la mañana todos los días.
6. Vosotras **os sentáis** en el sofá para charlar.

Unidad 3

Vocabulario

1 En el primer plano está la **playa.** ¡Hay muchísima gente! En el **mar** hay olas. A la derecha hay un **edificio** moderno. En el centro hay un **bosque.** Al fondo hay **montañas** y, a la izquierda, vemos el **horizonte.** El cielo es azul y no hay **nubes.**

Gramática

2 Lina es **la más tranquila.**
Lui es **el más grande.**
Lara es **la más inteligente.**
Lucho es **el menos simpático.**

3
1. Madrid es **más grande que** Barcelona, pero es **menos antigua.** Cádiz es la ciudad **más antigua** de España.
2. La Alhambra de Granada es **tan famosa como** la Sagrada Familia de Barcelona.
3. Las playas de Galicia son **menos conocidas que** las de Mallorca.

4
1. – Este boli no va bien. ¿Tienes **otro**? –No, pero tengo **otra** cosa, mira este lápiz.
2. – ¿Seguro que Lili vive aquí? ¿No es **otra** calle? –No, no, es esta calle, pero es **otro** número.
3. – Estos juegos son muy aburridos. ¿No podemos jugar a **otros** juegos o hacer **otras** actividades?

5
1. – ¿Tienes el zumo? –Sí, aquí **lo** tengo. –¿Y los bocadillos? –También **los** tengo.
2. – Lili, Ismael, ¿dónde estáis? No **os** veo. –Pero mamá, estamos al lado de la iglesia, ¿no **nos** ves?
3. – Pau, ahora no puedo. ¿**Me** llamas más tarde? –Claro, Álex, **te** llamo luego.

Verbkartei

Zum Lernen der Verben kannst du dir eine Verbkartei anlegen:

- Schneide die einzelnen Karteikarten an der gestrichelten Linie aus.
- Ergänze die Verbformen auf der Vorderseite.
- Kontrolliere sie mit Hilfe der Rückseite.
- Wiederhole die Verbformen in regelmäßigen Abständen.
- Bewahre die Karteikärtchen auch für das kommende Schuljahr gut auf.

__________ *schützen* (Unidad 1A)

[yo] ______ ich schütze		[nosotros] / [nosotras] ______ wir schützen	
[tú] ______ du schützt			
[él] / [ella] ______ er/sie schützt		[vosotros] / [vosotras] ______ ihr schützt	
		[ellos] / [ellas] ______ sie schützen	

Tú ______ tus datos.

__________ *spielen* (Unidad 1B)

[yo] ______ ich spiele	[nosotros] / [nosotras] ______ wir spielen
[tú] ______ du spielst	
[él] / [ella] ______ er/sie spielt	[vosotros] / [vosotras] ______ ihr spielt
	[ellos] / [ellas] ______ sie spielen.

Vosotras ______ al baloncesto.

__________ *mitbringen* (Unidad 1B)

[yo] ______ ich bringe mit	[nosotros] / [nosotras] ______ wir bringen mit
[tú] ______ du bringst mit	
[él] / [ella] ______ er/sie bringt mit	[vosotros] / [vosotras] ______ ihr bringt mit
	[ellos] / [ellas] ______ sie bringen mit

Nosotros ______ las bebidas.

__________ *verlieren* (Unidad 1B)

[yo] ______ ich verliere	[nosotros] / [nosotras] ______ wir verlieren
[tú] ______ du verlierst	
[él] / [ella] ______ er/sie verliert	[vosotros] / [vosotras] ______ ihr verliert
	[ellos] / [ellas] ______ sie verlieren

No quiero ______ el partido.

__________ *(aus)wählen* (Módulo 1)

[yo] ______ ich wähle	[nosotros] / [nosotras] ______ wir wählen
[tú] ______ du wählst	
[él] / [ella] ______ er/sie wählt	[vosotros] / [vosotras] ______ ihr wählt
	[ellos] / [ellas] ______ sie wählen

Las chicas ______ helado de chocolate.

proteger *schützen* (Unidad 1A)

[yo]	**protejo**	ich schütze	[nosotros] [nosotras]	**protegemos**	wir schützen
[tú]	**proteges**	du schützt			
[él] [ella]	**protege**	er/sie schützt	[vosotros] [vosotras]	**protegéis**	ihr schützt
			[ellos] [ellas]	**protegen**	sie schützen

Tú **proteges** tus datos.

Die erste Person Singular des Verbs **proteger** ist unregelmäßig.

traer *mitbringen* (Unidad 1B)

[yo]	**traigo**	ich bringe mit	[nosotros] [nosotras]	**traemos**	wir bringen mit
[tú]	**traes**	du bringst mit			
[él] [ella]	**trae**	er/sie bringt mit	[vosotros] [vosotras]	**traéis**	ihr bringt mit
			[ellos] [ellas]	**traen**	sie bringen mit

Nosotros **traemos** las bebidas.

Die erste Person Singular des Verbs **traer** ist unregelmäßig.

jugar *spielen* (Unidad 1B)

[yo]	**juego**	ich spiele	[nosotros] [nosotras]	**jugamos**	wir spielen
[tú]	**juegas**	du spielst			
[él] [ella]	**juega**	er/sie spielt	[vosotros] [vosotras]	**jugáis**	ihr spielt
			[ellos] [ellas]	**juegan**	sie spielen

Vosotras **jugáis** al baloncesto.

Achte auf den Vokalwechsel **u-ue** im Singular und in der 3. Person Plural!

elegir *(aus)wählen* (Módulo 1)

[yo]	**elijo**	ich wähle	[nosotros] [nosotras]	**elegimos**	wir wählen
[tú]	**eliges**	du wählst			
[él] [ella]	**elige**	er/sie wählt	[vosotros] [vosotras]	**elegís**	ihr wählt
			[ellos] [ellas]	**eligen**	sie wählen

Las chicas **eligen** helado de chocolate.

Die erste Person Singular des Verbs **elegir** ist unregelmäßig.
Achte auf den Vokalwechsel **e-i** im Singular und in der 3. Person Plural!

perder *verlieren* (Unidad 1B)

[yo]	**pierdo**	ich verliere	[nosotros] [nosotras]	**perdemos**	wir verlieren
[tú]	**pierdes**	du verlierst			
[él] [ella]	**pierde**	er/sie verliert	[vosotros] [vosotras]	**perdéis**	ihr verliert
			[ellos] [ellas]	**pierden**	sie verlieren

No quiero **perder** el partido.

Achte auf den Vokalwechsel **e-ie** im Singular und in der 3. Person Plural!

______ *aufwachen* (Unidad 2B)

[yo] ______ ich wache auf	[nosotros] / [nosotras] ______ wir wachen auf
[tú] ______ du wachst auf	
[él] / [ella] ______ er/sie wacht auf	[vosotros] / [vosotras] ______ ihr wacht auf
	[ellos] / [ellas] ______ sie wachen auf

Ismael ______ a las siete.

______ *sich anziehen* (Unidad 2B)

[yo] ______ ich ziehe mich an	[nosotros] / [nosotras] ______ wir ziehen uns an
[tú] ______ du ziehst dich an	
[él] / [ella] ______ er/sie zieht sich an	[vosotros] / [vosotras] ______ ihr zieht euch an
	[ellos] / [ellas] ______ sie ziehen sich an

Nosotros siempre ______ rápido.

______ *sich setzen* (Módulo 2B)

[yo] ______ ich setze mich	[nosotros] / [nosotras] ______ wir setzen uns
[tú] ______ ich setze mich	
[él] / [ella] ______ er/sie setzt sich	[vosotros] / [vosotras] ______ ihr setzt euch
	[ellos] / [ellas] ______ sie setzen sich

Y vosotras, ¿dónde ______?

______ *einschlafen* (Unidad 2B)

[yo] ______ ich schlafe ein	[nosotros] / [nosotras] ______ wir schlafen ein
[tú] ______ du schläfst ein	
[él] / [ella] ______ er/sie schläft ein	[vosotros] / [vosotras] ______ ihr schlaft ein
	[ellos] / [ellas] ______ sie schlafen ein

Lili ______ a las doce y media de la noche.

______ *bestellen* (Unidad 3A)

[yo] ______ ich bestelle	[nosotros] / [nosotras] ______ wir bestellen
[tú] ______ du bestellst	
[él] / [ella] ______ er/sie bestellt	[vosotros] / [vosotras] ______ ihr bestellt
	[ellos] / [ellas] ______ sie bestellen

[Yo] ______ empanada gallega.

______ *kennen(lernen)* (Unidad 3A)

[yo] ______ ich kenne	[nosotros] / [nosotras] ______ wir kennen
[tú] ______ du kennst	
[él] / [ella] ______ er/sie kennt	[vosotros] / [vosotras] ______ ihr kennt
	[ellos] / [ellas] ______ sie kennen

Y tú, ¿______ a Ismael?

vestirse *sich anziehen* (Unidad 2B)

[yo]	**me visto**	ich ziehe mich an	[nosotros] / [nosotras]	**nos vestimos**	wir ziehen uns an
[tú]	**te vistes**	du ziehst dich an			
[él] / [ella]	**se viste**	er/sie zieht sich an	[vosotros] / [vosotras]	**os vestís**	ihr zieht euch an
			[ellos] / [ellas]	**se visten**	sie ziehen sich an

Nosotros siempre **nos vestimos** rápido.

Achte auf den Vokalwechsel **e-i** im Singular und in der 3. Person Plural!

despertarse *aufwachen* (Unidad 2A)

[yo]	**me despierto**	ich wache auf	[nosotros] / [nosotras]	**nos despertamos**	wir wachen auf
[tú]	**te despiertas**	du wachst auf			
[él] / [ella]	**se despierta**	er/sie wacht auf	[vosotros] / [vosotras]	**os despertáis**	ihr wacht auf
			[ellos] / [ellas]	**se despiertan**	sie wachen auf

Ismael se **despierta** a las siete.

Achte auf den Vokalwechsel **e-ie** im Singular und in der 3. Person Plural!

dormirse *einschlafen* (Unidad 2B)

[yo]	**me duermo**	ich schlafe ein	[nosotros] / [nosotras]	**nos dormimos**	wir schlafen ein
[tú]	**te duermes**	du schläfst ein			
[él] / [ella]	**se duerme**	er/sie schläft ein	[vosotros] / [vosotras]	**os dormís**	ihr schlaft ein
			[ellos] / [ellas]	**se duermen**	sie schlafen ein

Lili **se duerme** las doce y media de la noche.

Achte auf den Vokalwechsel **o-ue** im Singular und in der 3. Person Plural!

sentarse *sich setzen* (Módulo 2B)

[yo]	**me siento**	ich setze mich	[nosotros] / [nosotras]	**nos sentamos**	wir setzen uns
[tú]	**te sientas**	du setzt dich			
[él] / [ella]	**se sienta**	er/sie setzt sich	[vosotros] / [vosotras]	**os sentáis**	ihr setzt euch
			[ellos] / [ellas]	**se sientan**	sie setzen sich

Y vosotras, ¿dónde **os sentáis**?

Achte auf den Vokalwechsel **e-ie** im Singular und in der 3. Person Plural!

conocer *kennen(lernen)* (Unidad 3A)

[yo]	**conozco**	ich kenne	[nosotros] / [nosotras]	cono**cemos**	wir kennen
[tú]	conoces	du kennst			
[él] / [ella]	conoce	er/sie kennt	[vosotros] / [vosotras]	cono**céis**	ihr kennt
			[ellos] / [ellas]	cono**cen**	sie kennen

Y tú, ¿**conoces** a Ismael?

Die erste Person Singular des Verbs **conocer** ist unregelmäßig.

pedir *bestellen* (Unidad 3A)

[yo]	**pido**	ich bestelle	[nosotros] / [nosotras]	pedimos	wir bestellen
[tú]	**pides**	ich bestelle			
[él] / [ella]	**pide**	er/sie bestellt	[vosotros] / [vosotras]	pedís	ihr bestellt
			[ellos] / [ellas]	**piden**	sie bestellen

[Yo] **pido** empanada gallega.

Achte auf den Vokalwechsel **e-i** im Singular und in der 3. Person Plural!

______ *lösen* (Unidad 3B)

[yo] ______	ich löse	[nosotros] [nosotras] ______	wir lösen
[tú] ______	du löst		
[él] [ella] ______	er/sie löst	[vosotros] [vosotras] ______	ihr löst
		[ellos] [ellas] ______	sie lösen

Los chicos ______ los problemas.

______ *aufräumen* (Unidad 1A)

[yo] ______	ich räume auf	[nosotros] [nosotras] ______	wir räumen auf
[tú] ______	du räumst auf		
[él] [ella] ______	er/sie räumt auf	[vosotros] [vosotras] ______	ihr räumt auf
		[ellos] [ellas] ______	sie räumen auf

Ismael ______ sus cosas.

______ *erzählen* (Unidad 1B)

[yo] ______	ich erzähle	[nosotros] [nosotras] ______	wir erzählen
[tú] ______	du erzählst		
[él] [ella] ______	er/sie erzählt	[vosotros] [vosotras] ______	ihr erzählt
		[ellos] [ellas] ______	sie erzählen

Nora ______ una historia divertida.

______ *abfahren, ausgehen* (Unidad 1B)

[yo] ______	ich fahre ab	[nosotros] [nosotras] ______	wir fahren ab
[tú] ______	du fährst ab		
[él] [ella] ______	er/sie fährt ab	[vosotros] [vosotras] ______	ihr fahrt ab
		[ellos] [ellas] ______	sie fahren ab

¿Sabes a qué hora ______ el bus?

______ *stellen, legen* (Unidad 2B)

[yo] ______	ich stelle	[nosotros] [nosotras] ______	wir stellen
[tú] ______	du stellst		
[él] [ella] ______	er/sie stellt	[vosotros] [vosotras] ______	ihr stellt
		[ellos] [ellas] ______	sie stellen

Lili ______ los platos en la mesa.

______ *sich hinlegen* (Unidad 2B)

[yo] ______	ich lege mich hin	[nosotros] [nosotras] ______	wir legen uns hin
[tú] ______	du legst dich hin		
[él] [ella] ______	er/sie legt sich hin	[vosotros] [vosotras] ______	ihr legt euch hin
		[ellos] [ellas] ______	sie legen sich hin

El sábado [tú] ______ tarde.

recoger *aufräumen* (Unidad 1B)

[yo]	**recojo**	ich räume auf	[nosotros] / [nosotras]	recogemos	wir räumen auf
[tú]	recoges	du räumst auf			
[él] / [ella]	recoge	er/sie räumt auf	[vosotros] / [vosotras]	recogéis	ihr räumt auf
			[ellos] / [ellas]	recogen	sie räumen auf

Ismael **recoge** sus cosas.

Die erste Person Singular des Verbs **recoger** ist unregelmäßig.

resolver *lösen* (Unidad 3B)

[yo]	**resuelvo**	ich löse	[nosotros] / [nosotras]	resolvemos	wir lösen
[tú]	**resuelves**	du löst			
[él] / [ella]	**resuelve**	er/sie löst	[vosotros] / [vosotras]	resolvéis	ihr löst
			[ellos] / [ellas]	**resuelven**	sie lösen

Los chicos **resuelven** los problemas.

Achte auf den Vokalwechsel **o-ue** im Singular und in der 3. Person Plural!

salir *abfahren, ausgehen* (Unidad 1B)

[yo]	**salgo**	ich fahre ab	[nosotros] / [nosotras]	salimos	wir fahren ab
[tú]	sales	du fährst ab			
[él] / [ella]	sale	er/sie fährt ab	[vosotros] / [vosotras]	salís	ihr fahrt ab
			[ellos] / [ellas]	salen	sie fahren ab

¿Sabes a qué hora **sale** el bus?

Die erste Person Singular des Verbs **salir** ist unregelmäßig.

contar *erzählen* (Unidad 1B)

[yo]	**cuento**	ich erzähle	[nosotros] / [nosotras]	contamos	wir erzählen
[tú]	**cuentas**	du erzählst			
[él] / [ella]	**cuenta**	er/sie erzählt	[vosotros] / [vosotras]	contaís	ihr erzählt
			[ellos] / [ellas]	**cuentan**	sie erzählen

Nora **cuenta** una historia divertida.

Achte auf den Vokalwechsel **e-i** im Singular und in der 3. Person Plural!

acostarse *sich hinlegen* (Unidad 2B)

[yo]	me **acuesto**	ich lege mich hin	[nosotros] / [nosotras]	nos acostamos	wir legen uns hin
[tú]	te **acuestas**	du legst dich hin			
[él] / [ella]	se **acuesta**	er/sie legt sich hin	[vosotros] / [vosotras]	os acostáis	ihr legt euch hin
			[ellos] / [ellas]	se **acuestan**	sie legen sich hin

El sábado **te acuestas** tarde.

Achte auf den Vokalwechsel **o-ue** im Singular und in der 3. Person Plural!

poner *stellen, legen* (Unidad 2B)

[yo]	**pongo**	ich stelle	[nosotros] / [nosotras]	ponemos	wir stellen
[tú]	pones	du stellst			
[él] / [ella]	pone	er/sie stellt	[vosotros] / [vosotras]	poneís	ihr stellt
			[ellos] / [ellas]	ponen	sie stellen

Lili **pone** los platos en la mesa.

Die erste Person Singular des Verbs **poner** ist unregelmäßig.

El juego de las escaleras y las serpientes (p. 49)

2 *despertarse*
me despierto
te despiertas
se despierta
nos despertamos
os despertáis
se despiertan
3 *levantarse*
me levanto
te levantas
se levanta
nos levantamos
os levantáis
se levantan
4 *ducharse*
me ducho
te duchas
se ducha
nos duchamos
os ducháis
se duchan
5 *vestirse*
me visto
te vistes
se viste
nos vestimos
os vestís
se visten
6–8, 19 *ponerse*
me pongo
te pones
se pone
nos ponemos
os ponéis
se ponen
9 *desayunar*
desayuno
desayunas
desayuna
desayunamos
desayunáis
desayunan
10, 35, 36 *lavarse*
me lavo
te lavas
se lava
nos lavamos
os laváis
se lavan
12 *salir*
salgo
sales
sale
salimos
salís
salen

13 *llegar*
llego
llegas
llega
llegamos
llegáis
llegan
14 *sentarse*
me siento
te sientas
se sienta
nos sentamos
os sentáis
se sientan
15 *comer*
como
comes
come
comemos
coméis
comen
17 *volver*
vuelvo
vuelves
vuelve
volvemos
volvéis
vuelven
18 *picotear*
picoteo
picoteas
picotea
picoteamos
picoteáis
picotean
21 *chatear*
chateo
chateas
chatea
chateamos
chateáis
chatean
22, 38 *leer*
leo
lees
lee
leemos
leéis
leen
23 *pasear*
paseo
paseas
pasea
paseamos
paseáis
pasean
24 *jugar*
juego
juegas
juega
jugamos
jugáis
juegan
25 *estresarse*
me estreso
te estresas
se estresa
nos estresamos
os estresáis
se estresan
26 *organizarse*
me organizo
te organizas
se organiza
nos organizamos
os organizáis
se organizan
28 *prepararse*
me preparo
te preparas
se prepara
nos preparamos
os preparáis
se preparan
29 *hacer*
hago
haces
hace
hacemos
hacéis
hacen
30, 33 *ver*
veo
ves
ve
vemos
veis
ven
31 *cenar*
ceno
cenas
cena
cenamos
cenáis
cenan
34 *mirar*
miro
miras
mira
miramos
miráis
miran
37 *acostarse*
me acuesto
te acuestas
se acuesta
nos acostamos
os acostáis
se acuestan
39 *dormirse*
me duermo
te duermes
se duerme
nos dormimos
os dormís
se duermen

Bildquellenverzeichnis

Cover: Foto: stock.adobe.com/Ai; US 4: stock.adobe.com/Ai

S. 2: PEFC Deutschland e.V.; S. 4: Cornelsen/Rafael Broseta Gaudisa; S. 6: Shutterstock.com/Olesia Bilkei; S. 7: Cornelsen/Marina Pérez Luque, Advocate Art; S. 8/o.: Shutterstock.com/Marian Fil; S. 8/u.: Cornelsen/Lucentum Digital/Chema Bazan; S. 9: Cornelsen/Laurent Lalo; S. 10/m.l.: Shutterstock.com/Corepics VOF; S. 10/m.m.: Shutterstock.com/Tutatamafilm; S. 10/m.r.: Shutterstock.com/ShotPrime Studio; S. 10/o.l.: www.coulorbox.de; S. 10/o.m.: Shutterstock.com/alexei_tm; S. 10/o.r.: Shutterstock.com/Almazova; S. 11/2.v.u.: Cornelsen/Lucentum Digital/Chema Bazan; S. 11/3.v.u.: Cornelsen/Lucentum Digital/Chema Bazan; S. 11/4.v.u.: Cornelsen/Lucentum Digital/Chema Bazan; S. 11/5.v.u.: Cornelsen/Lucentum Digital/Chema Bazan; S. 11/Außer Hubschrauber + Rakete + Kanu: Shutterstock.com/kura2021; S. 11/Hubschrauber + Rakete: stock.adobe.com/andinur; S. 11/Kanu: Shutterstock.com/davooda; S. 11/u.: Shutterstock.com/Mironov Vladimir; S. 13/1: Cornelsen/Marc Rueda; S. 13/Emoji: Shutterstock.com/illusionix; S. 13/Junge: Cornelsen/Lucentum Digital/Chema Bazan; S. 14/o.: Shutterstock.com/Sarawut Aiemsinsuk; S. 14/u.: Cornelsen/Marina Pérez Luque, Advocate Art; S. 15/o.l.: Shutterstock.com/Nutthaseth Van; S. 15/o.m.: Shutterstock.com/PavleMarjanovic; S. 15/o.r.: mauritius images/Hemis.fr; S. 15/u.l.: Shutterstock.com/Romas_Photo; S. 15/u.m.: Shutterstock.com/Roberto Tetsuo Okamura; S. 15/u.r.: Shutterstock.com/JCStudio; S. 16/o.: Cornelsen/Rafael Broseta Gaudisa; S. 16/u.: Cornelsen/Marina Pérez Luque, Advocate Art; S. 17: stock.adobe.com/mariesacha; S. 18: Cornelsen/Marina Pérez Luque, Advocate Art; S. 20: Cornelsen/Lucentum Digital/Chema Bazan; S. 21/l.m.: Shutterstock.com/Alluvion Stock; S. 21/l.o.: Shutterstock.com/Almazova; S. 21/l.u.: Shutterstock.com/Jose L. Stephens; S. 21/r.m.: mauritius images/Anton Dos Ventos/Alamy; S. 21/r.o.: Shutterstock.com/Alexander Raths; S. 21/r.u.: Shutterstock.com/LedyX; S. 22: Cornelsen/Marina Pérez Luque, Advocate Art; S. 23/Flagge l.: Shutterstock.com/SmileStudio; S. 23/Flagge r.: www.coulorbox.de; S. 23/u.: Cornelsen/Marina Pérez Luque, Advocate Art; S. 24: Cornelsen/Marina Pérez Luque, Advocate Art; S. 25/1.-3.v.o.: Cornelsen/Marina Pérez Luque, Advocate Art; S. 25/u.: Shutterstock.com/BeatWalk; S. 26/Denkblase: mauritius images/Liudmila Baskelovich/Alamy Stock Photos; S. 26/Herz: Cornelsen/graphitecture book & edition; S. 26/Ikon ClaraSol: Depositphotos/Elena Voynova; S. 26/r.o.: Cornelsen/Laurent Lalo; S. 27: @webalys under the Creative Common Attribution licence; S. 27: Shutterstock.com/Sasha Al; S. 27/Emoji: Shutterstock.com/illusionix; S. 27/Ikon Ismael: stock.adobe.com/Atlantis; S. 27/Ikon Nora: Depositphotos/Elena Voynova; S. 28/Emoji: Shutterstock.com/illusionix; S. 29: Cornelsen/Marina Pérez Luque, Advocate Art; S. 30/m.2.v.l.: Shutterstock.com/Alexey Seafarer; S. 30/m.3.v.l.: stock.adobe.com/Marty Kropp; S. 30/m.4.v.l.: Imago Stock & People GmbH/Zoonar/xZoonar.com/AntonxStarikovx 12048595; S. 30/m.l.: Shutterstock.com/Svetlana Serebryakova; S. 30/m.r.: Shutterstock.com/Runrun2; S. 30/o.2.v.l.: Shutterstock.com/Natthapol Siridech; S. 30/o.3.v.l.: stock.adobe.com/Ralf Schultheiss, Bahnhofstr.13A, Antweiler/RalfenByte; S. 30/o.4.v.l.: Shutterstock.com/Maks Narodenko; S. 30/o.l.: Shutterstock.com/jamakosy; S. 30/o.r.: Shutterstock.com/irin-k; S. 30/u.: Cornelsen/Marina Pérez Luque, Advocate Art; S. 31: Cornelsen/Rafael Broseta Gaudisa; S. 32: Cornelsen/Rafael Broseta Gaudisa; S. 33/Personen: Cornelsen/Lucentum Digital/Chema Bazan; S. 33/u.r.: Cornelsen/Marina Pérez Luque, Advocate Art; S. 34/2.2: Shutterstock.com/ifong; S. 34/2.3: Shutterstock.com/lassedesignen; S. 34/3.1: Shutterstock.com/Anfisa Che; S. 34/Buch: Shutterstock.com/Drk_Smith; S. 34/el club de + las artes plásticas + la escuela de + r.3.v.o.: Shutterstock.com/davooda; S. 34/escolar + Symbol Kleber/Schere: Shutterstock.com/Skylines; S. 34/Fußball: Shutterstock.com/Oleksandr Poliashenko; S. 34/Kamera: Shutterstock.com/OLIVEIA; S. 34/las clases: Shutterstock.com/VoodooDot; S. 34/las clases de: Shutterstock.com/Azindianlany; S. 34/moderno: Shutterstock.com/bsd studio; S. 34/r.4.v.o.: Shutterstock.com/Oxy_gen; S. 34/Sportler: Shutterstock.com/Saz Digital; S. 34/y la robótica: Shutterstock.com/graficriver_icons_logo; S. 35/5.1+3 + l.3.v.u. + r.u.: Shutterstock.com/Saz Digital; S. 35/5.2: Shutterstock.com/Azindianlany; S. 35/5.4 + l.4.v.u. + l.u.: Shutterstock.com/davooda; S. 35/5.5: Shutterstock.com/graficriver_icons_logo; S. 35/5.6: Shutterstock.com/OLIVEIA; S. 35/l.2.v.u. + r.3.v.u.: Shutterstock.com/Skylines; S. 35/o.r.: Cornelsen/Laurent Lalo; S. 35/r.4.v.u.: Shutterstock.com/Oxy_gen; S. 37: Cornelsen/Lucentum Digital/Chema Bazan; S. 38: stock.adobe.com/kuklos; S. 38/Flagge Deutschland: www.coulorbox.de; S. 38/Flagge Großbritanien: stock.adobe.com/kuklos; S. 38/Flagge Spanien: Shutterstock.com/SmileStudio; S. 38/m.r.: Cornelsen/Rafael Broseta Gaudisa; S. 39/Herzen: Cornelsen/graphitecture book & edition; S. 39/Personen: Cornelsen/Rafael Broseta Gaudisa; S. 40/o.: Cornelsen/Marina Pérez Luque, Advocate Art; S. 40/u.r.: Cornelsen/Laurent Lalo; S. 41: Cornelsen/Laurent Lalo; S. 42: Cornelsen/Rafael Broseta Gaudisa; S. 43/o.: Cornelsen/Rafael Broseta Gaudisa; S. 43/u.: Cornelsen/Marina Pérez Luque, Advocate Art; S. 44: Cornelsen/Marina Pérez Luque, Advocate Art; S. 46/o.: Cornelsen/Rafael Broseta Gaudisa; S. 46/u.: Cornelsen/Marina Pérez Luque, Advocate Art; S. 47/Emoji: Shutterstock.com/stas11; S. 47/m.r.: Shutterstock.com/CandyBox Images; S. 47/o., Hintergrund: Shutterstock.com/Igor Link; S. 47/o.r.: Shutterstock.com/Gino Santa Maria; S. 48/o.+m.: stock.adobe.com/mariesacha; S. 48/u.: stock.adobe.com/MichaelJBerlin; S. 49: Cornelsen/Marina Pérez Luque, Advocate Art; S. 50: Cornelsen/Rafael Broseta Gaudisa; S. 51/2.v.o.: Shutterstock.com/cheapbooks; S. 51/3.v.o.: Shutterstock.com/lenetstan; S. 51/4.v.o.: Shutterstock.com/stockyimages; S. 51/o.: Shutterstock.com/Andy Dean Photography; S. 51/u.: Shutterstock.com/Daniel M Ernst; S. 52/m.+u.: Shutterstock.com/Oakozhan; S. 52/o.: Shutterstock.com/Nikolai V Titov; S. 53/Herzen: Cornelsen/graphitecture book & edition; S. 53/o.r.: Cornelsen/Rafael Broseta Gaudisa; S. 54/1: Shutterstock.com/Traveller70; S. 54/10: Shutterstock.com/trabantos; S. 54/2: Shutterstock.com/underworld; S. 54/3: Shutterstock.com/AXL; S. 54/4: Shutterstock.com/stoyanh; S. 54/5: Shutterstock.com/Radu Bercan; S. 54/6: Shutterstock.com/S.Borisov; S. 54/7: Shutterstock.com/Walter Erhardt; S. 54/8: Shutterstock.com/Svetlana Chekhlova; S. 54/9: Shutterstock.com/Giuma; S. 55/2 A: Shutterstock.com/Thawornnurak; S. 55/2 B: Shutterstock.com/ohne Titel; S. 55/3: Cornelsen/Marina Pérez Luque, Advocate Art; S. 55/3 C: Shutterstock.com/12bit; S. 55/4: Cornelsen/Marina Pérez Luque, Advocate Art; S. 55/o.l.: stock.adobe.com/Lorena Cirstea_Photography/LorenaCirstea; S. 55/o.m.: Shutterstock.com/KikoStock; S. 55/o.r.: Shutterstock.com/Berto Losa; S. 56/m.l.: Shutterstock.com/implinxfalcon; S. 56/m.m.: Shutterstock.com/your; S. 56/m.r.: mauritius images/Pixtal; S. 56/o.l.: Shutterstock.com/val lawless; S. 56/o.m.: Shutterstock.com/Africa Studio; S. 56/o.r.: Shutterstock.com/Olesya Baron; S. 56/u.l.: Shutterstock.com/Goran Bogicevic; S. 56/u.m.: Shutterstock.com/ilozavr; S. 56/u.r.: Shutterstock.com/Lukasz Janyst; S. 57: Shutterstock.com/Mikhail Markovskiy; S. 58/o.l.: Shutterstock.com/Artur Bogacki; S. 58/o.m.: Shutterstock.com/Mariusz Stanosz; S. 58/o.r.: mauritius images/age fotostock; S. 58/u.l.: Shutterstock.com/Alberto Loyo; S. 58/u.m.: Shutterstock.com/Jacinto Marabel Romo; S. 58/u.r.: Shutterstock.com/Jose Ignacio Soto; S. 59: stock.adobe.com/jon_chica; S. 60/o.: Cornelsen/Marina Pérez Luque, Advocate Art; S. 60/u.: Shutterstock.com/Mimadeo; S. 61/o.: stock.adobe.com/Nadezhda Bolotina; S. 61/u.: Shutterstock.com/Gena Melendrez; S. 62: stock.adobe.com/powell83; S. 63/m.: Shutterstock.com/Ingrid Balabanova; S. 63/o.: stock.adobe.com/Iakov Filimonov/JackF; S. 63/u.: Shutterstock.com/HandmadePictures; S. 64/6: Shutterstock.com/mehdi33300; S. 64/7: Cornelsen/Marina Pérez Luque, Advocate Art; S. 66: Cornelsen/Marc Rueda; S. 67: Cornelsen/Rafael Broseta Gaudisa; S. 68/5: Cornelsen/Lucentum Digital/Chema Bazan; S. 68/6: Cornelsen/Rafael Broseta Gaudisa; S. 69/7: Cornelsen/Marina Pérez Luque, Advocate Art; S. 69/Emoji: Shutterstock.com/stas11; S. 70: Cornelsen/Lucentum Digital/Chema Bazan; S. 71: Shutterstock.com/Lickomicko; S. 72/1: Shutterstock.com/Forsberg; S. 72/2+3: Shutterstock.com/Noradoa; S. 72/2+3: stock.adobe.com/Noradoa; S. 72/4: Shutterstock.com/Jose Miguel Sanchez; S. 73/l.o.: stock.adobe.com/Xavier; S. 73/m.2.v.o.: stock.adobe.com/design/exclusive/stockcreations/exclusive-design; S. 73/m.3.v.o.: stock.adobe.com/Iakov Filimonov/JackF; S. 73/m.o.: stock.adobe.com/mariontxa; S. 73/r.2.v.o.: stock.adobe.com/StockphotoVideo; S. 73/r.3.v.o.: Shutterstock.com/Ricardo Canino; S. 73/r.o.: mauritius images/alamy stock photo/Maria Galan; S. 73/u.: stock.adobe.com/laplateresca; S. 74/o.: Shutterstock.com/GoodStudio; S. 74/u.: Shutterstock.com/Julia Anisimova; S. 75: Cornelsen/Marina Pérez Luque, Advocate Art; S. 76: Shutterstock.com/Oakozhan; S. 77/l.: Cornelsen/Marina Pérez Luque, Advocate Art; S. 77/r.: stock.adobe.com/Marcus Retkowietz; S. 78: Cornelsen/Rafael Broseta Gaudisa; S. 80: Cornelsen/Rafael Broseta Gaudisa; S. 81/m.: stock.adobe.com/pillerss; S. 81/o.: Shutterstock.com/cge2010; S. 81/u.: Shutterstock.com/Sean Pavone; S. 95: Cornelsen/Marina Pérez Luque, Advocate Art